卓尔文库·大家文丛

旧岁拾零

林非 著

海天出版社（中国·深圳）

图书在版编目（CIP）数据

旧岁拾零 / 林非著 . —深圳：海天出版社，2018.1
（卓尔文库 · 大家文丛）
ISBN 978-7-5507-2153-1

I. ①旧… II. ①林… III. ①随笔－作品集－中国－当代 IV. ① I267.1

中国版本图书馆 CIP 数据核字（2017）第 228819 号

旧岁拾零
JIUSUI SHILING

出 品 人：聂雄前
责任编辑：韩慧强 王媛媛
责任技编：梁立新
装帧设计：浪波湾图文

出版发行：海天出版社
地　　址：深圳市彩田南路海天综合大厦（518033）
经　　销：全国新华书店
印　　刷：深圳市华信图文印务有限公司
开　　本：889mm × 1194mm 1/32
字　　数：159 千
印　　张：8.25
版　　次：2018 年 1 月第 1 版第 1 次印刷
定　　价：45.00 元

策　　划：大道行思文化传媒有限公司
地　　址：北京市海淀区蓝靛厂南路 55 号金威大厦 707—708 室（100097）
电　　话：编辑部（010-51505219）　　发行部（010-51505079）
网　　址：www.ompbj.com　　邮箱：ompbj@ompbj.com
新浪微博：@ 大道行思传媒　　微信：大道行思传媒（ID：ompbj01）
大道行思公司常年法律顾问：天驰君泰律师事务所律师冯培，电话：010-61848179

目　录

辑三

辑四

简短的自序

我一生都喜爱阅读和撰写散文，觉得这是抒发自己情感，并表达自己种种见解的最为有趣的文学创作。

写作散文确实是一种完美的锻炼与升华自己的方式，从运用文字直到提高思想境界，都可以从这里获得重大的收获。

从年轻的时候开始，直到当前日益趋于年迈的岁月中，我总是充满欢欣地撰写着。我多么想将自己种种认真与严肃的思索，向所有的朋友倾诉。经过这样的过程，希望大家都能不断地提高，使人类的生存充满更绚丽的内涵。

2017 年元旦于北京

辑一

两次发蒙

我是五岁那年上的小学。在故乡荒凉和质朴的县城里，这所矗立着一座四层钢筋水泥大楼的学校，也算得是个很洋气和宏伟的地方了。

记得生平头一回听课，坐在明净的玻璃窗底下，双手扶着红漆的课桌，恭恭敬敬地瞧着一位身穿西装长裙的女老师，听她铿锵有致地朗读着语文课本。从“人手尺刀”开始，渐渐地讲到了“早安”“你好”，于是她讲起新的文明礼节来。说是跟客人见面时，要握手或鞠躬，而反对当时在我们家乡很流行的作揖或磕头这种习惯，可以说是对我思想的头一回冲击。

那位老师使用的语文课本，虽然没有给我留下更多的印象，可是她不同凡响的气派，她所讲解的这种文明礼节，跟我幼小时见到和听到过的许多事情，实在是太不相同了，因此成为打开我思路的一次发蒙。我朦胧地感觉到，这世界上会有多少时尚的东西，新奇的人物，我还从未见过呢。我不喜欢故乡那些死气沉沉的风习，我渴望着见到一种明朗和新鲜的生活。

刚念完小学一年级，日本军国主义政府侵华的战火，烧到了我故乡的县城。在兵荒马乱中，我跟随着父母，匆匆忙忙地逃到滨海的一个小镇上，寄居在一位远房的亲戚家里，暂时过着平安宁静的日子。他家里聘请了一位须眉都已发白的老塾师，给自己的几个孩子授课。我正好也跟随着他们，坐在高大宽敞的书房里，听这位慈祥的老者串讲“四书”。

当我开始参加进去时，已经讲到《论语》的后半部了。只见他摇头晃脑，用抑扬顿挫的声调，悠然自得而又异常严肃地背诵着。我觉得新奇，更觉得好笑，可是在他和几位师兄们大义凛然的表情面前，丝毫不敢笑出声来，只好像和尚念经似地，跟着他们大声背诵起来。没有背了多久，一部《论语》就算教完了。听这位老塾师跟长辈亲戚商量说，《孟子》不能算是“纯儒”的书，其中有些言语，不太符合孔老夫子的教义，因此只选了几段给我们串讲，接着就开始教《大学》和《中庸》了。

等我刚生吞活剥地背完《中庸》时，日本侵略军已经在全县的范围里完全控制了局势，原来那几支属于国民党系统的游击队，有的偃旗息鼓，有的缴械投降，有的向西北方向撤退了。刚张罗起来的汉奸组织维持会，到乡下各处张贴布告命令逃亡的人们“各回原地，安居乐业，如有违抗，严惩不贷”。于是父母又带着我回到县城，无可奈何地做顺民去了。随着年龄的增长，知识文化的提高，不愿做亡国奴的民族自尊心，也就日益觉醒起来，这自然是又过去几年之后的话了。

且说我这两次新式和旧式的发蒙，前一次只是产生了一些朦朦胧胧的感觉，后一次却是扎扎实实地背诵了许多经典名言。不管哪一种情形，都对自己以后的生活，发生了相当重大的影响。前者使我依稀地懂得，应该冲破那些陈腐的习俗，追求一种崭新而又美好的生活；后者使我多少也熟悉了一些儒家的典籍，加上后来于青年时代的再度接触，因此在同样年龄的人们中间，我算是对这些知识懂得比较多的了。这还使我在后来阅读许多古籍时，也较为容易地越过了文字的障碍，对于我的读书生涯来说，可不能算是一件小事啊！要不然的话，不少著名的古籍，我都是不可能读懂的。正因为在这方面下过一些功夫，所以我对中国古代的传统思想，就有了基本和大致的了解，从而才可能在这几年“文化热”的气氛中间，也对此发表了一些自己的意见。

我在这两年发表的《文化性格论》和《论中国新文化的建设问题》这些文章，都是按照自己历年所累积的理解能力，勾勒与分析中国古代传统思想的线索，并且做出了相应的评价。在撰写这些论文时，我还不由得想起自己的幼年时代，很不耐烦地背诵着一卷卷儒家经典的情景。这些枯燥的文字，和僵死的教条，对于儿童活泼的心灵来说，确实是一种致命的摧残。弹指之间五十年就这样匆匆过去了，时间真像流水似的消逝啊！我多么想去做的澄清中国传统文化的工作，却还是刚在起步。我真担心在自己今后的有生之年中，究竟能够做出多少事情来。

《三国演义》的启迪

我读了一辈子的书，至今依旧读得津津有味，还想不断地扩展自己知识的领域。清代初年的大学者阎若璩，曾集古人陶弘景和皇甫谧的话语自诫，“一物不知，深以为耻；遭人而问，少有暇日”，我十分佩服他这种严肃认真的读书态度。不过生活在今天的人们，早已无法达到这样博识的境界了，因为随着现代科学技术革命的发展，各种知识领域已经变得异常丰富和广阔，日新月异，大量增加，不像古人那样按照经史子集的程序，苦苦地读上几十年，大致说来总还有读完的希望。20 世纪的科学分工实在太细密了，不管是知识多么渊博的学问家，肯定都不会有本领读懂所有的书，更不会有时间读完所有的书了。

虽说是无法读完整个世界的书，不过只要多读上一本，多获得一点儿新的思想和知识，对于我这个知识面很窄的人来说，就会高兴好几天。不少喜爱读书的年轻朋友，问我怎样养成了这种很愿意博览群书的浓厚兴趣，说来也奇怪，我的这种兴趣不是来自儿时在私塾里的背诵“四书”这些典籍，而是出于听乡野之人的开讲《三国演义》。

记得是在上小学六年级之前，正悠哉游哉地度暑假，白天去田垄里捉鹌鹑，去瓦砾场里抓蟋蟀，夜晚就搬一张竹榻，放在大门外高高的槐树底下，斜躺在上面，一边仰望天空里的星斗，一边听着喜欢讲古的老汉，给团团围坐着的少年们开讲《三国演义》。这老汉识字不多，大概未看过原著，肚子里存着的全是些耳食之言，讲得零零碎碎，无法连贯起来，刚说完了刘、关、张桃园三结义，就跳到诸葛亮的借东风了，还说不清曹操是怎么死的。孩子们讥笑他，跟他争论起来，他心里很不服气，脸儿却涨得通红。看我并不跟小伙伴们随声附和，他就夸我聪明厚道，悄悄问我这中间遗漏了哪些情节，还有哪些话儿说得不对。我也从未看过此书，一句话都答不上来，脸上也像他似地堆起了一团红云。

有个调皮的小伙子争强好胜，说是谁讲得好，就天天摆擂台，连续往下讲，讲不好的得立即下台。看来他发表讲演的欲望还相当强烈，大家就推他开讲了。其实他尽是胡扯，说什么赵子龙会吹出一股“探囊气”来，顷刻间就可以割下敌将的头颅；还说《三国演义》里有这种本领的将帅，不会超过十来个人，讲得唾沫横飞，洋洋得意。好几个少年伙伴都跟他抬杠，说是哪儿会吹出这样的气息来，大家争得面红耳赤，却也是谁都驳不倒对方。对于这些争论，我依旧无法插上一句话儿，虽然小伙伴们都用求援的眼光瞧着我。

于是我下了决心要通读一遍《三国演义》，好不容易从家里的阁楼中间，找出了这部厚厚的线装书来，竟读得茶不思饭不想。愈是往下读，大家争论不休的问题，就愈是显得豁然开朗了。至于那个小伙子说的什么“探囊气”，原来是书里形容那些英雄本领高强，在马上杀敌，犹似“探囊取物”。为什么会以讹传讹，将“探囊取物”，说成是一种奇妙的“探囊气”，造成这么大的歪曲和错误呢？当时觉得实在可笑，不过今天回想起来，却又觉得这还不仅是一件可笑的小事，却含着很深的含意呢！因为如果不从科学出发进行合乎逻辑的推理，而是一味地夸大和引申，从“探囊取物”附会成“探囊气”，这是一点儿也不奇怪的。今天像这样的以讹传讹的治学风气，不还是很常见到的吗？

小伙伴们知道我通读了一遍《三国演义》，纷纷怂恿我在夜晚的星空下开讲。我鼓着勇气说了有大半个月，直到暑假结束为止。因为刚看完原著，少年时代的记性又好，当然不会有什么差错的，大家都听得纷纷拍手，这使我进一步树立了读书的信心。我原来已经在母亲的督促与鼓励底下，养成了喜爱读书的兴趣，这一回无疑又是极大的促进，竟养成了自己一生读书的习惯。

如果从认真治学的角度来说，要想在这方面取得成功的话，就得充分地了解和掌握第一手的原始材料，假如没有好好阅读过《三国演义》，就不能够将它准确地复述出来。正是少年时代留下的深刻印象，使我几十年来始终都强调这个重要的问题。我在治学中一贯注意第一手材料，不久前为青年朋友们写的小册子《文学研究入门》中，还专辟一节讲述此事，这其实也是来自《三国演义》的启迪。

明史的熏陶

在我初中毕业之前，家乡始终被日本侵略军所占领，过了好多年亡国奴的生活。同学们所崇敬的那位国文老师瞿抱一先生，常常和大家讲述社稷兴亡与忠臣义士的故事。文天祥在大都死牢中写《正气歌》的崇高节操，史可法于扬州城内殉难的壮烈情怀，使我们都听得肃然起敬。大家发誓要保持民族气节，用对于侵略军的消极抵制，迎接光复的到来。我至今还怀念着这穷乡僻壤的淳厚民风，几乎还从来没有听说过，有谁向日本侵略军和寥寥几名汉奸告密的事情发生。

瞿老师史学的底子相当深厚，关于南明抗清的许多掌故，几乎是他跟我们闲谈时最为重要的内容，从弘光小朝廷的腐败，说到张煌言和朱舜水的义军，郑成功的收复台湾，瞿式耜的以身许国，以及永历帝被吴三桂俘获和杀害的惨剧。他大骂吴三桂卑鄙和残忍的奴才心理，说是大凡甘心做奴才的人，往往比主子更为凶恶和暴虐，因为他害怕主子怀疑自己不忠，所以要干出许多极端的行为去谄媚。他对于奴才心理的剖析和谴责，给我留下了异常深刻的印象。

我在后来读鲁迅的杂文时，才进一步领略了他对于奴才主义深入骨髓的鞭挞，然而如果没有瞿老师这一段话语的影响，我也许就无法懂得鲁迅笔下的那些深意。从此以后，我懂得了只要世界上还有专制主义的统治，还有主子和奴才，还存在着人身的依附状态，就必然会出现许多残酷和无耻的暴行，从而使整个民族的道德水准下降。因此长期以来，追求人类社会的平等原则，成了我学术研究的重要主旨，这真得感谢瞿老师的启迪。我在思考这个问题时，想到了伏尔泰和贝多芬这些伟大的人物，也想到了少年时代这位崇敬的老师。我深感在不少场合认识同一个问题时，杰出人物和并未成名的普通人之间，往往会存在着相同的情形，往往会得出相似的结论。

瞿老师所讲述的这些南明掌故，早已深深地留在我的记忆中了。1947 年初秋，我从家乡转学到上海去念中学时，碰到过一个正在读文科的大学生。我在与他的闲谈中，得知他压根儿就不知道瞿式耜与朱舜水这些人的名字，惊讶他竟会如此的缺乏知识。十里洋场中的一个文科大学生，在这方面竟还不如穷乡僻壤的中学生来得明白，因而对瞿老师的一种感激之情，也就油然而生。

是否知道瞿式耜或朱舜水这样的人物，对于今天的青年来说，也许已经是无关紧要的了。然而从总的发展方向看来，应该让青年一代获得广博的知识。这样可以有利于提高他们的素养，陶冶他们的情操，使他们在厚实的文化知识基础上去进行思索，这样才有可能成为一个更有用于社会的人。须知一个知识很狭隘和浅陋的人，是不可能担负起建设现代文明社会的重要责任的。

记得我在上大学时，读遍了《明季南略》《小腆纪传》这一类叙述南明历史的书籍，觉得十分熟悉，像是又复习了一遍昨天的功课。这是因为它的基本线索和思想涵义，我早已听瞿老师说过了。我一生对史学都充满了浓厚的兴趣，从明史扩大到全部中国的往昔，再扩大到整个世界的进程，对人类的昨日和明日，都能有一种概括的了解和清醒的预测，这归根结底都是来源于瞿老师的赐予。

培根说，“读史使人明智”，这真是一点儿也不错的。懂得了历史，就可以对人世间所有复杂变故的趋向，都能够了如指掌。如果从这方面对人们加以引导，肯定会使他们大大地开阔自己的眼界，善于站在宏观的境界去俯视历史和时代，这样就更有可能对推动社会的前进作出更大贡献。

母亲的爱

一

我已经渐渐地长大，家庭也衰败得更厉害了，父亲经营的药铺和作坊纷纷倒闭。好几位照管柜台和翻弄账本的伙计，平日里老跟我海阔天空地说话，临到这会儿分手告别时，都依依不舍地相互紧握着手腕，然后就各自去寻觅谋生的路了。

往日很喧闹的院子，顿时变得静悄悄的。我瞧着瓦盆里开始凋零的月季花，多少憔悴和枯萎的花瓣，像啜泣似的掉在布满青苔的泥土上，真有一种说不出的惆怅。

那一年我正好初中毕业，父亲急匆匆地把我叫到客厅里，很严厉地告诉我，说是已经供不起我上学了，替我找到上海的一家贸易公司，要我过完炎热的夏天，就去那儿当练习生；说是苦干它几年，总会有致富的希望。他做了一辈子的发财梦，探寻过不少追求黄金的路途，却又不去踏踏实实地办事，总是好大喜功，讲究排场，炫耀自己如何高明，贪图别人的奉承和吹捧。只要有人跟他甜甜蜜蜜地说话，他就拿出一瓶名贵的白兰地酒，兴致勃勃地在一起开怀畅饮。他确实很不善于细致地张罗和盘算，而喜爱大手大脚地挥霍，当然就很难实现发财的美梦，只好将这渺茫的幻想过早地交付给我了。

我从小受到母亲的影响，一心一意想上学，天天做着的是读书梦。所以，父亲的训话像是让我自己的头颅被铁锤重重地击打着，浑身都不住地疼痛，哇的一声大哭起来，还扯着嗓子叫嚷，说不让我念书就到处去流浪。其实，我当时并不懂得应该怎样去浪迹天涯，只是因为刚读完意大利童话作家科洛第的《木偶奇遇记》，也盼望着像主人公匹诺曹那样，能够得到仙女的指点与帮助。

他见我这样不听话，气呼呼地从沙发上蹦跳起来，高高地扬起了手臂，好像要狠狠地揍我一顿。我被他刚才像暴风雨般袭来的话儿弄糊涂了，昏昏沉沉地也顾不得躲闪，只是紧紧地咬住嘴唇，倔强地垂着双手，不吭一声地等候着挨打。哪里知道，他也像我这样痴痴地站立着，还不住地摇头和叹息。或许他心里有点儿愧疚，觉得对不起我的母亲；或许他还深深地钟爱着我，舍不得真的碰我一下；或许他心里也像有一堆缠不成团的麻线，左思右想着怎样养活一大家子人，变得手足无措起来。

母亲听到我的哭叫声，赶快从卧室里奔过来。她那张庄重和俊秀的脸庞，更显得阴沉沉的，充满了怨恨，气愤地朝着父亲说："你毁了我一生，再也不能毁掉自己的儿子，得让他继续上学。"父亲低着头，半晌不说话，终于长长地嘘了一口气说："都是给你惯坏的。”说完就快步地跨出门槛，往遍地都飘满了月季花瓣的院子里走去。

我扑在母亲怀里，呜呜地哭泣着。父亲说得一点儿也不错，我真愿意像母亲叮咛的那样，一辈子都好好地读书。我多么想细声细语地安慰她，抹去她心头的伤痕，却找不出一句能够使她高兴的话儿来。她淌着眼泪从口袋里掏出手绢，擦干了我脸上的泪水，抽噎着嘱咐我说：“妈是因为从小辍学，不能独立谋生，才仰仗他人，受尽摆布。以后的日子哪怕再困难，也得送你去上学。”

听着她轻柔的叹息声，我的心像是被揉碎了似的，紧紧地搂住她的脖颈，一长串泪珠簌簌地掉在她的肩膀上。

又过了几天，父亲当着我的面，递给母亲一个小小的纸包，说是已经把仅剩的黄金都找了出来，供我去上学。母亲默默地伸出手去，撕掉了那层破旧的白纸，将几根细小的金条攥在手掌里，什么话也没有说。父亲颓丧地站起来，往屋外走去。我瞧着他胖乎乎的背影，猜不透他心里究竟是什么滋味，真不知道他对母亲还剩下多少爱。他在另外一个年轻撒娇的女人身边寻欢作乐，心里是喜悦多还是忧虑多。

我见过这小镇上不少浪荡的男人，从来不回避在他们身旁嬉戏的儿童，常常用放肆和淫亵的话语，议论着那些风流的娘儿们，却还不敢像我父亲那样公开娶妾，另立门户度日。他干出这样使我母亲十分伤心和难堪的事情，难道会让自己的心里感到安宁吗？眼看着家里败落和萧条的模样，他还能够有足够的力量支撑起来吗?

二

母亲为了让我集中精力，专心致志地上学，不受家里种种变故的骚扰，免除沉重的精神负担，决心要我一走了之，去上海的中学念书。我怕她独自在家会更寂寞和凄凉，想再陪伴她几年，跟她说说话，尽量抚慰她这颗受伤的心，等在家乡读完高中之后，再去上海考大学，她却坚决地表示不行。我心里明白，只要是为我好，哪怕有几万座大山压在头顶，她都可以悄悄地扛起来。我怕伤她的心，只好点头答应了。

从此之后，母亲当着我的面总是笑眯眯的，给我缝着衣服和被褥。不过有好几回，我偷偷地窥见她独自淌着眼泪。当她瞅见我突然挺立在自己面前，立即掏出一方小小的手帕，揩干了眼角里的泪水，我偎依在她身旁，说是要留在家里陪她一辈子。说真的，我舍不得离开她，独自前往陌生和遥远的异乡。

她摇摇头，悲怆地笑了，强装欢颜地鼓励我说:“大丈夫志在四方，怎么能畏畏缩缩，做一个没有出息的人?你陪着我委委屈屈地过活，被人家怜悯和讥笑，这样活着有什么意思呢?”

她心疼地望着我，我也心疼地望着她，真想痛痛快快地大哭一场，可是我忍住了，她不是希望我做一个坚强的人吗?

有一天傍晚，母亲端了两张小矮凳，跟我面对面地坐在院子里，告诉我另一位母亲的故事。据说这位相当富裕的寡母，怕心爱的儿子离开自己，去外面的世界闯荡，就怂恿他抽上了鸦片，于是他每日都慵懒地斜躺在卧榻上，点亮烟枪，吞云吐雾，很少爬起来走动，至多在小镇的石板街上兜一个圈子，就又累又困地直打呵欠，惦念那乌黑油亮的大烟泡了。像这样永远把儿子禁锢在家里，让他成为毫无用处的废物，坑害了他一辈子的生活，如此的母亲实在是罪孽深重啊！

这故事震撼了我幼稚的灵魂，觉得世界上真有千奇百怪的事儿。这种纯粹出于自私的爱，实在是在甘甜的蜜糖里，泡着残害生命的砒霜啊！我更懂得了母亲对自己的期望，更理解了她异常深厚和无私的爱。

人为什么要活着，人应该怎样活着？母亲倾诉的这个故事，接触到了人世间根本性质的哲理问题。如果让儿子终生都抽着鸦片，度过萎靡和丑陋的日子，不正像把他驱赶到猪圈里，在肮脏的泥泞中打滚和哼叫吗？这不是人过的生活，而确乎像是猪崽繁殖的场地。

母亲说完这故事，忍不住皱起眉头，为了摆脱这故事给自己留下的阴影，赶快抬起头颅，仰望着碧蓝的天空。当阳光闪烁出的一道道金线，在她眼前晃动和发亮时，她变得高兴起来了，笑嘻嘻地说道：“人就应该在天空里飞，多敞亮，多辽阔。等你长大了，乘着飞机走遍天下，不比呆呆地扎在这里强得多！”

三

母亲多么渴望着在天空里翱翔，凭她的智慧与才能，应该是完全可以做到的，可惜她诞生在一个恪守礼教的乡村秀才家里，毕生的命运几乎就这样被注定了。曾听不少长辈的亲戚说起，她在私塾里念书时背诵和理解课本的能力，远远地超过了同班的许多男儿，却也只好半途辍学，因为“女子无才便是德”啊；却也只好遵照父母之命，媒妁之言，顺从地走上了为妻和为母的路，而且也只好默默地隐忍着丈夫纳妾的勾当，苦苦地咀嚼着自己精神的伤痛。在一个渗透着儒家思想的生活环境中，女人的命运是多么悲惨。不少蕴涵着才华的女人，就这样被摧残和扼杀了。还有许多数不清的女人幽怨地活着，或者是幽怨地死去，无法闪射出她们灵魂中璀璨的光辉。

我深深理解母亲心中的痛苦，也深深理解她为了爱护我，随时都可以牺牲自己的一切。她宁愿让自己在冷酷的人生道路上，埋葬这一颗孤独的心，却要拯救我的青春和生命。好多年过去之后，当我读到鲁迅的这句话：“自己背着因袭的重担，掮住了黑暗的闸门，放他们到宽阔光明的地方去。”觉得这位伟大的思想家像是在替我诉说着内心的向往，替我赞颂着无私和无畏的母爱。

正是这种崇高的母爱，不断地催促和激励我生出无穷的勇气，也下定了决心要出外去闯荡一番。终于在一个夏日的黎明，迎着凉爽的晨风，我告别了古老和闭塞的家乡，去寻觅新颖和开阔的另一种世界。

熟读《孟子》

我在上海的吴淞中学读书时，那位忠于职守的老校长，给自己留下了十分深刻的印象。据说他曾当过国民党政府教育部的督学，一个胖墩墩的高个子，常常像威严的军人那样，挺立在学生的面前。可是他既不崇拜拿破仑，也不敬仰纳尔逊，滋润着他心灵的，是中国历代相传下来的儒家思想。在这个十里洋场的上海，我们听到的是爵士音乐，见到的是好莱坞电影，多少人向往着美国的生活方式。然而我们的老校长，却偏要发思古之幽情，也许是想用儒家学说来拯救文化的沉沦和道德风气的堕落吧，竟下令用《孟子》作为公民课的教本。

负责“党化教育”的训导处副主任，那个西装笔挺的三青团小头目，肚子里装的知识实在很有限，自然教不了这个，听说他跟老校长争论过，不能用《孟子》来代替《三民主义》，却被老校长“吾党所宗，在于维系中国文明”的几句话，痛快地驳了回去，一声也吭不出来。国民党的“党化教育”，根子确实是在于依赖维护尊卑观念与专制主义的儒家学说，作为巩固自己统治的思想基础，来反对主张社会主义民主原则的马克思主义学说，因此讲授“四书五经”自然是不会错的。

三青团的小头目既然教不了，就换了个历来讲授古文的老先生来教我们。他教得十分认真，先是从训诂入手，接着讲解段落大意，最后又阐述每章的要旨。他常常从春秋战国时代复杂的局势出发，论述孟子那些主张的重要意义，真是虚实结合，贯通经史，讲得头头是道，处处都闪烁着精辟的见解。

我们这些活泼的小伙子，对于这本多少个世纪之前的著作，原来总觉得是十分枯燥乏味的。可是由这位老师讲授起来，绝大多数的同学都听得津津有味，我当时甚至能将它背出大半本来。这是为什么呢？我曾朦胧地想到过，不管是什么枯燥乏味的知识，只要真正地懂得了它，就会产生出浓厚的兴趣。许多大科学家终生都孜孜不倦，钻研他们这一专业的学问。这些知识在外行看来，很可能是莫名其妙和毫无乐趣的，可是到了内行的面前，却会从中获得无穷的欢乐。而且，这是一种纯粹和圣洁的欢乐，不像在追求金钱和权力的欢乐中，还包含着要弄计谋和勾心斗角时的忐忑不安，那种内心的紧张与恐惧，有时简直像是慢性的自杀。

再回过头来说《孟子》这本书，我早已在少年时代，就知道这算不得是一本“纯儒”的典籍。据说明太祖朱元璋曾因为这里边有“民为贵，社稷次之，君为轻”的话，竟怒气冲冲地下令，要从孔庙里撤出孟子的牌位。不知道老校长为什么会如此厚爱《孟子》这部书呢？不过孟子无论如何是位“亚圣”，归根结底还是主张“无君子莫治野人，无野人莫养君子”的。这也许是他在儒家学说中间还站得住脚的缘故，老校长也许正是想以此来教导莘莘学子的吧。

我对于《孟子》中的这个基调，在当时就是很反感的，也许是偶或听说过的卢梭的主张，是他那种追求平等思想的启迪，对我产生了作用吧。然而孟子的有些命题，还是让我终生受用的，譬如他所说的“尽信书则不如无书，吾于《武成》取二三策而已矣”，就给了我极大的启迪。首先是从方法论的角度，对很多带有权威性的传统见解，产生了怀疑的勇气，我毕生治学都主张反对迷信，强调独创和开拓的精神，也许就是在这儿撒下的种子吧？至于像孟子所论述的那样，对《尚书》里的《武成》这一篇文献，也只相信其中的一小部分，在后世那些对儒家经典顶礼膜拜的人们眼中，实在是不可思议的啊！那是一种何等的气魄和见识！然而孟子又对此分析得合情合理，如果真的是“以至仁伐至不仁，而何其血之流杵也？”责问得真是太好了，简直是令人无法辩驳。

反对盲目服从，主张独立思考，这是多么可贵的思想。治学就是要提出各种各样的疑问，然后去得出准确的答案来。如果我们在今天还赶不上《孟子》里的这种精神，那么不就成了一种可怕的倒退状态吗？在中国的传统文化中间，确实有一种引导人们倒退的惯性力量在产生作用，否则就无法说明我们长期都不能够迅速前进的原因。对这种趋于倒退的惯性力量，应该怎样进行反思和澄清呢？这不能不成为知识分子必须担负起来的历史使命。

高尔基连累了我

阅读了屠格涅夫的小说之后，我对俄国文学产生了十分浓厚的兴趣。普希金的《致大海》和莱蒙托夫的《孤帆》，都曾深深地激动过我，使我沉湎在雄奇和寂寥的浪漫主义幻想中。然而，在当时对于国民党政权爆发出强烈不满的社会思潮中，又促使我更多地想到丑恶的现实世界，于是高尔基的小说开始深深地吸引了我。

我在读完他的自传体小说《童年》和《在人间》之后，特地前往街上的书店，买了一本《我的大学》。我曾听说过，有人在书店里购买苏联的文学作品时，遭到过特务的盯梢或盘问，因此当我在店堂的书架底下徘徊时，小心翼翼地注意着周围的顾客，等到只剩下我独自一人，才赶紧抽出这本早已找到的书，急匆匆地将数好的钱款交给掌柜之后，连忙将它塞在背包里，左顾右盼地走出了书店。

我当时读书的那所学校里，有几个相当蛮横的三青团员，在注视着同学们的一言一行。谁如果稍有出轨的话语，他们就会向训导处的上峰告密。因此，每当这些鹰犬混迹在同学中间时，大家总是正襟危坐，沉默不语。等他们怏怏离去，大家就又诅咒起那时的物价飞涨，诅咒起天天贬值的金圆券，诅咒起国民党政权崩溃的前途来。

为了谨防那几个三青团员搜索的眼光，我将高尔基的这本小说，藏在皮箱里的几件衣服中间，老是锁得很严实的，等有空时才悄悄取出阅读。有一天我躺在床上，刚抽出放在床底下的皮箱，想打开小锁，取出这本书来随便翻翻。哎，箱子怎么没有锁上呢？是我忘掉的，还是别人打开的？赶紧将双手伸进柔软的衣服里去，竟摸不到棱角分明的这本书来，心里顿时有些慌张，再三地翻检着，竟也毫无踪影。我立即想到宿舍里的那位同窗，常常跟那几个三青团员眉来眼去，向他们讨好，也许是他告的密？生活在告密的气氛中，是多么的令人不安啊！

我找到了那个胆小而又想取巧的同学，一本正经地告诉他说，皮箱里有一本书被偷走了。他还没等我把话讲完，就满口推说不知道，脸涨得红红的，眼睛也不敢正视我。我证实了自己的估计，顿时觉得已经陷入很不安全的环境中了。我早就听说过这样的笑话，曾有人因为阅读中国第一部较有系统的语法著作《马氏文通》，竟被特务误认为是在钻研马克思写的书，当成革命或“左”倾分子逮捕起来了。虽然这本书的作者马建忠，与马克思是毫无干系的。残暴往往与愚昧无知扭结在一起，而当统治者愈是愚昧无知时，就必定会变得愈益残暴，宽容只能是文明的一种产物。

我十分担心暴政会降临到自己的头上。正在这紧张的时刻，与我探讨过屠格涅夫的那位同窗好友，悄悄地跑来说，三青团员们已经开列了我的黑名单，高尔基确实是连累了我。于是我在心里立即决定，三十六计，走为上计，就在这年的冬天离开学校，辗转地去了解放区的华中大学。那位好友则在国民党政权风雨飘摇的岁月中，被他的父亲送往美国去深造了。身份与心情都不太相同的青年，总会走上不太相同的道路，这也许就叫作社会的分化吧，虽然他也曾读过高尔基的小说。

1981 年夏天，我在旧金山漫游时，常常可以看到当地出版的有些华文报纸上，报道他父亲在台湾的行踪，然而他此时会在哪里生活呢？不知道他正在阅读什么样的书籍？思考什么样的问题呢？

曾经受到过好几代中国青年所钦佩的高尔基，确实是毕生都在追求着光明和美满的未来理想，然而他有没有追求到呢？应该说是并未追求到的。我们这一代有志向与思想的同龄人，无论生活在祖国的大陆和台湾，或者是生活在遥远的异邦，其实也毕生都在追求着瑰丽的人生理想。我们也许都曾找到过希望，却又都找到过绝望。那么在今后的岁月中应该怎么办呢？恐怕也只有继续思考和行动，为争取人类在更合理的社会和自然环境中生活下去，而不懈地努力奋斗吧！

渡过长江去[1]

已经是整整六十年前那么遥远的往事了，却常常飘曳在自己的眼前。

还清清楚楚地记得，我默默地匍匐在低矮的芦苇丛中，从长江北岸这一片潮湿的滩地上，张望着前方滚滚的浪涛，滔滔不绝地向远处流去。

黄昏时分的太阳，像一团熊熊燃烧的火球，坠落在江水翻腾的漩涡里。这大半轮血红色的圆圈，正透过颤抖的波纹，缓缓地沉没下去。江面上浮起了一股暗紫色的雾气，蔚蓝色的天空中间，却依旧闪烁着明亮的光芒。一道道姹紫嫣红的晚霞，和一阵阵轻轻飘舞的白云，多么无忧无虑地俯瞰着我们。哪里会知晓大家万分焦急的心情，火烧火燎似地等候着，期待这黑黝黝的夜晚，赶快来罩住茫茫的大地，好搭乘藏在附近的多少艘帆船，飞快地渡过长江去。

1949 年 4 月下旬的天气，一点儿不觉得寒冷，也一点儿不

1 本文获中国作家协会和《人民日报》“国庆 60 周年”联合征文一等奖。

觉得闷热，钻在芦苇丛里很久了，浑身都感到挺舒适的。我睁大了眼睛，透过一朵朵粉白的芦花，和一株株青褐的枝叶，瞧见左边好多荷枪实弹的战士，和右边一群赤手空拳的工作队员，都悄悄埋伏在自己的身旁。他们一定也在注视着浩浩荡荡的江水，盼望着立即响起出发的军号声。

“渡过长江去，解放全中国！”这是我们日夜都惦念着的多么令人神往的壮举。我瞅着卧倒在自己旁边的许多战友，心里很明白地觉得，他们一定比自己更急着要冲锋过去，因为在昨天的誓师大会上，多少人的喉咙，都已经呼喊得嘶哑起来。连房东家那个七八岁大小的女儿，也紧挨在整整齐齐的队伍旁边，瞪着闪亮的眼睛，噘着鲜红的嘴唇，跟大家一起呼喊着口号。等到散了会，她竟咝咝地发不出声音来了。

正好在今天这样的时刻，是一点儿都不准许发出声音来的。早就下达了命令，只要队伍集合好了，埋伏在江边之后，不管发生什么天崩地坼般的紧急情况，也都不能够随便地动弹，总是估计到了，敌人会出动飞机，进行扫射或轰炸。我心里也暗暗地想着，天绝不会倒塌，地也绝不会开裂，最坏的可能，就是敌人的飞机，在我们的头顶盘旋。我悄悄地扭动着颈脖，观看前方汩汩倾泻的江水，和长江南岸淡淡的蓝天，忧心忡忡地猜测着，会有敌人的飞机，疯狂地俯冲过来吗？

苍茫的长空，终于渐渐地暗淡下来，灿烂的红霞和洁净的白云，都已经消失得无影无踪了。背后碧绿的田畴，和面前浑浊的江水，也都笼上了一层浓墨似的颜色。

我在幽暗的芦苇丛里，突然想起上海的多少高楼大厦，大概已经打开了一盏盏明亮的灯光。最多也就是半年前的事情，当我在那里上学的时候，偶或前往繁华的市区购买物品。永远记得那一座多么挺拔的银行门口，挤满了成百上千的人群。他们已经被每天都飞涨着的物价，折腾得心惊胆战，万分恐惧，急着要抛出这日日夜夜都在贬值的纸币，好去兑换永远能够保持着昂贵身价的黄金。

不知道什么缘故，银行的大门忽然关闭了。于是这包围得水泄不通的人们，像掀起了一阵凶猛的波浪，向前后两边剧烈地晃荡起来。有人在相互使劲地推搡中间，被压倒在地下，被连续地践踏着，阵阵的喊声和哭声，遮盖了街道上汽车的声响。

当这群跌跌撞撞的人们，被手握木棍的警察驱散开来之后，只剩下一个衣衫朴素的老妇，弯曲着身子，悄无声响地躺倒在那儿。她已经被活活地踩死了！我从心底里升起了一阵悲哀和愤懑的情绪，沿着街道慢慢地走去，瞧着百货公司灯光闪闪的玻璃橱窗里面，陈列着多少昂贵的珠宝和豪华的家具，除开财大气粗的达官贵人之外，谁又能够享用得起？他们掌控着腐败和无能的政府，却让多少平民百姓遭尽了苦难。

“现在可以渡江了吧！”我紧张地瞪住双眼，眺望着阴沉和混沌的长空，庆幸大家已经平安地度过了紧张的白昼，立即又升腾出期盼了许久的愿望，得赶紧冲过长江去，拯救和解放多少受苦受难的民众。

突然在漆黑的天空中，闪烁和疾驰着几点暗红色的星光。我正惊愕地想跟身旁的伙伴耳语时，这不祥和邪恶的光亮，迅速地逼近过来。随着一阵刺耳的噪声，几架朝向江面俯冲的飞机，像魔鬼似的掠过我们头顶，劈劈啪啪地扫射起枪弹来。难道是在迷茫的夜色中发现了我们？

当杂乱的枪声消失这黑魆魆的土地上，又变得分外寂静起来。我听见了自己突突的心跳声，刚想要轻轻地嘘一口气，那几架飞机又兜着圈子，回转过身子来，呼啸着冲向我们的头顶。我的心依旧在剧烈地蹦跳着，扑通扑通地像是直往喉咙里蹿去，赶紧侧着身子，闭住了眼睛，等候那一串密集的子弹，从半空中扫射过来。

“会有哪一颗枪弹，击中我的头颅吗？”我将自己的胳膊，支撑着柔软的泥土。透过微风吹拂的芦苇，隐约地瞧见旁边几个战友，正紧缩着双腿，牢牢地贴住了地面。似乎也在倾听和分辨这罪恶的枪声，正在哪儿毁灭着青春的生命？

敌人的飞机终于消失了，黑夜又陷入了有点儿恐怖的沉默之中。度过这短短的一分钟，竟像是等待那长长的一整天。

忽然从后边传来哨子与军号的声响，多少战友们都高兴地呼喊着，纷纷站立起来，排成了长方形的队伍。队伍像刮起一阵风儿似的，穿过茂密的芦苇，往前边的港汊走去，跨上了早已停泊在这儿的多少艘帆船，不声不响地起锚航行，于飞溅的浪花里颠簸着前进。

浓密的雾气，弥漫在乌黑的江面上。浩瀚的天空中，有几颗闪亮的星星，正神秘地眨着眼睛，是想要指引我们渡过长江去吗？刚才来扫射过的那几架飞机，已经消失得无踪无影了。长江南岸的江阴要塞附近，也始终是无声无息的，从未传来过枪炮的轰鸣。

昨天夜里，有个消息灵通的战友，得意洋洋地告诉我说，结集在扬州西边的大批主力部队，已经渡过长江，攻克了反动派的首都南京城，那些压榨平民百姓的残兵败将和贪官污吏们，大概都已经丧魂落魄地往南边逃跑了。

汹涌的波涛，拍击着帆船的左右两舷，哗啦啦地震响着，却遮掩不住背后的几个伙伴悄悄说话的声音。他们都悲哀地叹息着，刚才向芦苇丛里扫射的敌机，打死了一个很熟悉的战友。就在那天出发前的黎明时分，他还很兴奋地跟我诉说，等到革命胜利之后，得上大学里去读书，好学到浑身的本领，建设民主、自由和富强的新中国。他怀着壮志凌云般的气概，要为自己的祖国，做一番轰轰烈烈的事情。可是他已经长眠在这芦苇丛里，无法实现自己美好的理想了。我禁不住伤心地淌下了滴滴的泪水。

帆船很平稳地向前行驶着。在头顶的天空中间，逐渐泛起了灰褐的颜色，可以朦朦胧胧地瞅见，长江南岸零零星星的树木和房屋。一抹绯红的朝霞，忽然装点在天边的几颗星辰底下，好像是在鼓励和祝贺我们，顺利地抵达了长江的南岸。成百艘灵巧的帆船，终于都陆续地停泊在滩地旁边。

然而那个多么熟悉的战友，却再也不能跟大家在一起，欢快地唱着革命的歌曲，英武地踏着噔噔的脚步前进了。牵挂着他在这瞬间的突然死去，猜想着还有多少并不相识的战友，也会像他那样，在激昂慷慨的征途中，并没有丝毫的预兆，就牺牲了自己多么珍贵的生命。他们有着许多欢乐的向往与崇高的理想，却从此烟消云散，永远从人世间消失了，永远都无法实现自己神圣的追求了。思念着这样令人悲恸的情景，含在我眼眶里的泪水，又潸潸地淌满在脸颊上。

多么漫长的六十年之前，于深夜里乘着帆船，渡过长江去的这一段经历，也还常常出现在我的睡梦中间。曾经有多少个夜晚，梦见过当时的种种情景。这样的梦，有时候逗留得十分短促，有时候却又绵延得很长很长。最长的那一个梦，是十年前攀登芝加哥的西尔斯大厦之后，于深夜时分扑朔迷离地游弋在脑海里的。

我站立在一群金发碧眼的人们中间，排成蜿蜒曲折的队伍，终于走进了高耸的电梯里面，还没有站稳脚跟，竟像飞箭似地射向顶空，耳朵两旁响起了飕飕的风声，电梯在倏忽间就抵达了离开地面一百零三层的看台。站在这世界闻名的摩天大楼顶端，俯瞰着左右前后多少雄壮与俊秀的高楼，显得很低矮地分布在游客们的脚下，真让我惊叹着人类多么巨大和智慧的创造力量。

我忽然想起昨天傍晚的时分，在这大厦附近的密执尔湖边徜徉时，瞧见了好几个皮肤雪白的乞丐，正坐在青翠的草坪旁边，悠闲地伸出自己的手掌，握住了人们从口袋里掏出的零钱。为什么有的人那样奋发有为，想替大家做出许多辉煌的业绩？有的人却寻觅不到正常的工作，只好依靠乞讨来维持生活？这世界上真还存在着许许多多的问题，迫切地等待着去获得妥善的解决。

我顿时想起了芦苇丛中的那些战友，在六十年前长途行军的日子里，曾经热情洋溢地议论过，怎么能够在革命胜利之后，使得整个的人间，都变成一座无比幸福的乐园？这一群年轻的伙伴，充满了多么纯洁和绚丽的诗意。

大概是因为在整个的白天，走得太劳累，心情又太激动的缘故，才有了夜晚这个悠长的梦——我默默地匍匐在低矮的芦苇丛中，从长江北岸这一片潮湿的滩地上，张望着前方滚滚的水波，滔滔不绝地向远处流去。我还瞧见了埋伏在这儿的多少战友，瞧见了牺牲在这儿的那个伙伴，瞧见了把自己嗓子喊哑的那个幼小的女童。

我们还一起走向长江之滨，惊讶地眺望着波涛澎湃的江面上，飞架着一座长长的大桥，连接着南北两岸的土地。许多高高大大的轮船，鸣响着汽笛，从巍峨的桥梁底下，来来往往地穿越过去。当年乘坐过的多少帆船，怎么都不见了呢？

在阵阵的惊讶与兴奋之中，就从动情的睡梦里醒了过来。我怀着一种很急切的心情，盼望着在什么时候，真正能够前往长江北岸的那一片滩地，去寻觅多少熟悉或陌生的风景。早就听说过了，在那里已经建起凌空挺立的大桥，我得赶快启程，立即前往那里，徘徊在桥梁的两旁，看看田野背后多么美丽的农舍，听听人们的欢声笑语里面蕴藏着通向未来的理想。

我和牛

那一年冬天，北京城里成千上万的知识分子，都被赶到数千里外的干校去。我忝列于这样的队伍中，自然也得远游了。

在摇摇晃晃的火车里，我瞧着窗外朦胧的月色，瞧着月光下一片黑黝黝的荒土，忽然想到了另外一个世界里的人们。这时候，在华盛顿，在莫斯科，在伦敦，那些知识分子正在干什么呢？在写书？在看芭蕾舞？在争论人生的真谛？在实验室里探索太空的奥秘？

在这儿，我们却即将住进张村的茅舍，得挥起铁锹去挖土，得改造自己的思想，得消灭城乡差别啊！为什么改造了几十年，还改造不好？在整个世界上，中国知识分子的命运恐怕是最艰苦、最坎坷的了。为什么改造不好的知识分子，能够充当消灭城乡差别的先锋？难道说，捏着锄头榜地，就能消灭城乡差别了吗？

我抬起头，瞧着车厢里那些愁苦的脸庞，心里禁不住颤抖起来。使我吃惊的是，工宣队的王队长也紧皱着眉头，失魂落魄似的，斜倚在窗口抽烟。他平常教训大家的那副神态，为什么不见了？

我永远忘不了下乡前的一个晚上，在收音机的《新闻联播》节目里发表了“最高指示”，我因为感冒发烧，没有像往常规定的那样，赶到机关里去集合游行。第二天早晨，我拖着疲乏的身子去上班时，王队长立即召开了班会，气势汹汹地责问我，为什么昨天不赶来参加游行？我赶紧向他解释了原因，他伸出手来，跟我要医生证明书。唉，我昨晚如果能有精神到医院去，就不会不参加游行了，因为我知道这会产生何等严重的后果。他狠狠地训斥了我一通，说我已经在危险的斜坡上滑动。在这样凶狠的导师面前，我还能为自己辩护什么呢？只好默默地挨训。

他训了我一通之后，我原来以为事情就算了结了，他却还不断找我个别谈话，挖根源，讲危害，听着他那一套流畅的理论，瞧着他那瞪向天空的眼睛，我觉得自己心里像冻了一层冰，发誓以后哪怕病得奄奄一息，也要参加这样的游行。古代大将以马革裹尸，战死疆场为荣，那么我万一在浩浩荡荡和金鼓齐鸣的游行队伍里倒下，可以免去无休无止的批判，也是死得其所的吧！

可是为了什么，王队长现在竟这样愁眉不展呢？对了，我想起来了，刚才在乱纷纷的火车站上，他妻子跟他分手时，不是曾号啕大哭吗？真是的，谁没有情感？谁愿意跟亲人生离死别？

王队长是一个出色的工人，他原来决不会尝到这种离愁别绪的滋味，只是为了占领上层建筑，改造知识分子，才做出了这么大的牺牲。至少在这时候，我觉得他跟知识分子一样可怜了。同是天涯沦落人啊，我默默地瞧着他，他也默默地瞧着我，然后就抿着嘴，跟我点点头笑了，多么苦涩的微笑。

到了干校，王队长跟军宣队的陈队长一起找我谈话，要我去放牛，虽然我嫌这活儿脏，却不敢不服从，像我这样一贯被认为是走白专道路的人，有什么资格挑肥拣瘦呢？我应该吃大苦，耐大劳，因此也就释然地搬到牛棚里去了。刚进门，一股难闻的气味扑面吹来，走路不小心，就踩了一脚牛粪。从这天开始，我常常打扫牛棚，想把这儿弄得干净一点。可是每天黎明时分，这七八头水牛撒的尿，总在我床前流淌和泛滥，起床后就得忙于疏浚。我忽然觉得，如果能平安度过这一回艰苦的历程，也许将来可以分配到水利局去工作的。

幸亏是冬天，还没有苍蝇和蛆虫，明年夏天怎么办呢？哪里管得着这么多？也许还没有到那个时候，就已经像陶渊明说的那样，“死去何所道，托体同山阿”了。在这个让人们无法理解的伟大的时代里，多少人已经死去了，一个人的生命又值得了什么呢？

我几乎每天都赶着这群水牛，在荒凉的田野里漫步，有时候还拾掇着堆在场上的干草，用铡刀切短了，好在晚上放进槽里，喂这群喜爱不断咀嚼的水牛。晒着冬日的阳光，暖融融的，懒洋洋的，瞧着远处一排排的房屋，很想念跟我一起下来的那些

"五七"战士，也许正在干活儿吧，开批判谁的大会吧。我很少被召回去听王队长的训话，因此深深庆幸于自己躲过了多少被批判的机会，躲过了多少令人疲倦的长篇发言，竟成了羲皇上人似的。

在空荡荡的荒原上，很少见到人们的影子，我可以自由自在地思索，可以像行吟诗人那样，随意地哼唱起来。当我诵唱柴可夫斯基《第六交响曲》的那段主题时，沉痛得匍匐在河岸上，挺不起身子来了。而当我背诵贝多芬《第五交响曲》的那段主题时，却想象自己是一个与命运搏斗的勇士，音乐真是太神奇了！

比起那些"五七"战友来，我觉得自己简直是最幸福的人了。因为我已经逃出了批判的罗网。有一天晚上，我情不自禁地拿起毛笔，在床上铺一张报纸，弯着腰写上"安乐国"这三个大字。我在少年时代背诵过文天祥的《正气歌》，记得"哀哉沮洳场，为我安乐国"这两句诗。比起文天祥住过的那间土屋来，除了同样的潮湿和低洼，这个牛棚恐怕还要肮脏和腥臭多了，不过它确实成了我自由自在的"安乐国"。我想将这横幅贴在牛棚大门上，等放下毛笔，又立即改变了主意，将这张报纸撕得粉碎。我怕会惹出现场批判会来，这"安乐国"不就被颠覆了吗？

我在那一阵老想着生与死的问题，我有一个同学的父亲，在红卫兵上街"扫四旧"的第一天，因为被打了耳光，戴上高帽，当天晚上写了"士可杀而不可辱"这几个大字，悬梁自尽了。在此之前，我曾见过他几面，那时正值他仕途得意，名声很响亮，那副高傲的模样，真令人望而生畏，然而当他的人格受到蹂躏时，竟这样刚烈地结束了自己的生命，这引起了我无限的钦佩。用自己的手杀死自己，需要有多大的勇气啊！

将自尊心看得高于自己的生命，这总是一种高尚的精神吧！如果都像他这样保卫自己尊严的话，许多知识分子恐怕得死去好几回了。然而在那个充满了批判、辱骂和殴打的岁月里，哪儿能计较这种外在形式的尊严呢？悄悄思考的权利是任何人也剥夺不了的，我不是照样在审判着时代和历史吗？人们只要还在认真地思考，就有可能维护住自己的尊严。

这种想法是阿Q精神吗？我一边思忖着，一边打量在河边喝水的牛犊，它摇着头，像回答我的问话："不是的！"它嘴里的水珠飘在我衣袖上，我觉得自己找到了知音，伸出双手抚摸着那一对光滑的牛角，跟它对视了好久。

我望着快要落山的太阳，想到了法国大革命时期通过的《人和公民的权利宣言》，它早就这样说过："自由传达思想和意见是人类最宝贵的权利之一"，"意见的发表只要不扰乱法制所规定的公共秩序，任何人都不得因其意见而遭受干涉"。不让人们自由地发表意见，社会肯定不会取得进步。不过按照当时流行的观点，法国资产阶级革命自然是太渺小了，它赋予公民的这种权利自然也是虚假的，可是为什么在"文化大革命"中，干脆把这种公民应有的权利也完全取缔了呢？历史在往前，还是在倒退？

当我牵了这头被自己引为知音的牛犊，继续在路边漫步时，王队长从荒芜的田埂上，飞也似的奔了过来，我不禁浑身哆嗦了一下。暗暗琢磨着，自己从来没有随便说过什么有碍的话儿，不会又是来批判我的吧？于是振作起精神来，迎着他走了过去。

王队长满脸堆着笑容，紧紧握住我的手问寒问暖，我心里才像一块石头落了地，跟他并肩坐在土堆上说话。

他和气地对我说："我们工宣队从进驻以后，宣传了毛泽东思想，大方向是对头的，成绩是主要的，对于改造知识分子起了重大的作用。当然在我们工作中间，也有不少的缺点，譬如说吧，有时候恨铁不成钢，批判多了些，表扬少了些，有急躁情绪，就是为了对你们严格要求，想必会得到你们的谅解。现在我们完成了战略部署，就要撤回北京去了，军宣队继续留下来工作，在我们撤走前，想多听听大家的意见。"

我听着他温和的讲演，瞧着他脸上的笑容，忽然又想起从北京出发那一天，他妻子失声痛哭的神情，脱口而出地说道："王师傅，祝贺你全家团聚！"刚说完，我就懊悔了，为了这句没有原则的话儿，也许又得挨批判的。

王师傅却一点儿也不计较，看他今天的模样，心情分外的好。他紧紧握着我的手说："好好改造自己，将来也可以回去团聚的！"

记得他前几天训话时还批判了不少"五七"战士缺乏长期在干校扎根的思想，号召大家做"永久牌"。有些女同志被吓破了胆，偷偷躲起来哭鼻子。现在他却这样宽大为怀，通情达理，我从心里感激他的这片好意。虽然我也从心里知道，这样的事压根儿就由不得“工宣队”来决定。

他高兴地唱着小调，走到一头水牛跟前，霍地跨了上去，伸出拳头擂打着牛背，这头牛张望了我一眼，驮着他疾走起来。

今天回想起我放牛的那些往事，竟像是在诉说一个荒唐的梦，这也可见我们的生活发生了多么巨大的变化。为了确保和巩固这样健康的社会秩序，还有多少工作等待着我们去做啊！每当我想起放牛时那些荒诞的往事，就愿意献出自己全部的精力，投入到民主和法制建设的洪流中去。

离　别

一个高昂和挺拔的背影，一个被抚摸着长得这么硕大的背影，终于消失在匆匆奔走的人群中间，消失在候机大厅的尽头。真可惜自己的这双眼睛，无法跟着他拐弯，要不然的话，就能够瞧着他登上飞机了；更遗憾的是自己这双眼睛，无法看见地球的那一边，要不然的话，就能够瞧着他在芝加哥走下飞机了。

当我正忧郁地陷入沉思时，肖凤轻轻拉着我手腕，我们的眼睛默默对视着，我怕她会哭泣起来，她却在凄婉的神情中，勉强地露出了笑容，像是自言自语地摇着头说："为什么不再回头瞧我们一眼？"

不算太大的候机厅，跨过去几十步路，就迈到了那一端，其实他已经有多少次回过头来。除非不远行，永远厮守在我们身边，否则总会有今天的别离。我们度过了多么闭塞和单调的青年时代，当儿子在吮吸着肖凤的乳汁时，我们甚至连做梦都不敢想象，这逗人喜爱的婴儿，能有远渡重洋去负笈留学的机会。

肖凤曾经说过多少回，我们早已失掉这样走向世界的机会，应该让儿子去外面闯荡一番，认识整个的人类，是如何打发自己日子的。大概是因为志向高远的缘故，才出乎我的意料，止住了应该会流出的眼泪。

我们身旁有个也在送行的母亲，瞧着她儿子匆匆离去的背影，呜呜地哭了起来。我的心变得沉甸甸的，猜测着自己的儿子，此时已经坐上飞机了吗？我突然回想起几十年前，自己比儿子还要年轻得多的时候，最心疼我的母亲，希望我赶快离开令人忧伤的家乡，去上海的中学念书。于是在一个阳光明媚的早晨，当我跟她告别上路时，她眼睛里也闪烁着像肖凤这样痛楚的光芒，强打着精神嘱咐我："用功念书，别想念家里。"

我当时丝毫也没有觉察，她这颗疼爱我的心，已经沉甸甸地坠落下去。只有在今天我才懂得了，因为我这颗沉甸甸的心，刚在往下坠落啊！可是我已经无法向她倾诉了，只有默默地祝愿她，在泉壤底下静静地安息。

肖凤怎么会变得如此坚强，竟还劝这位哭泣的母亲说："儿子去留学，多好的事儿，干吗要哭呢？"

我觉得自己的眼眶里，正在涌着泪水，绝对不敢开口说话，怕这轻轻的震颤，泪水会掉落下来。我默默地拉着肖凤，悄悄地走开了。

回家的路上，望着一棵棵碧绿的大树，在车窗外面慌张地往后退去，像是很忙乱地跟我们挥手告别。我们轻轻地说话，回想儿子刚学会走路的那一阵。儿子左手紧紧地拉住我，右手紧紧地拉住肖凤，也在绿茵茵的草地上迈步，也望着高耸的大树，望着天空里飘浮的白云。那一双乌黑的眼睛，闪烁着神往而又奇异的光芒，还老在咯咯地笑。我们一起瞧着他又大又亮的眼睛，想问他为什么笑？他当然还不会回答这样深奥的问题。

一个混混沌沌的儿童，怎么在霎时间就变成聪明和潇洒的大学生了？怪不得我的头发全都花白了。

儿子有一回去天津讲课，询问我柏拉图和西塞罗的掌故，虽然都读过一点儿，却还是回答得不好，而且他的许多兴趣和爱好，也已经跟我们迥然不同了。譬如说他就否定了我们在十多年前，教他如何欣赏音乐的见解，认为这不是为了陶醉在迷人的旋律中，却要宣泄人世间的烦恼和痛苦。

肖凤曾背着儿子，悄悄地跟我说："大人这么爱他，他有什么痛苦？"

"每一代人总会有自己的痛苦。"我迷惘地摇着头，顿时觉得儿子已经长大，已经走出了父母悉心给他营造的小小的天地。

在深夜里，三个人海阔天空地闲谈，是全家最欢乐的时辰。肖凤提起了儿子的婚姻大事，这已经在她心里翻滚了许久。

想不到平时总乐呵呵的儿子，竟带着点儿嘲讽的口气说，"你们两位教授的工资，加起来都不及一个卖菜的小贩挣得多。能有漂亮的女孩儿，看得上生在这种家庭里的儿子？"

肖凤忿忿地说："人总得看本身的价值！"

"妈，收去你高雅的理想主义吧，它已经过时了。"儿子轻轻拍着肖凤的肩膀，阻止她再往下说去，装得很深沉的样子笑了起来。

好胜的肖凤，却不愿跟儿子辩论，隔了一阵才悄悄跟我说："克林顿够了不起吧，可是在他母亲的眼里，永远是个小孩儿。"

就是在那天夜里，儿子说要去考"托福"和"GRE"。很快考完了，还考得真好，而且得到了芝加哥一所大学的奖学金。这时候，我才清醒地意识到，儿子快要离开我们了。不是吗？他正坐在那一架远航的飞机上。

回家的路上，我们回忆着儿子的多少往事，刚开了个头，就到达了家中。推开门，觉得阴凄凄的、冷飕飕的，尽管外面正是晴朗和灼热的盛夏天气，往日的欢乐都到哪儿去了？哦，在那一架刚离开地面的飞机上。我顿时又想起母亲送自己远行前的话儿，"大丈夫志在四方！"

是啊，总得这样一代代地活下去，总得让年长的一代，去咀嚼人世间这苦涩的滋味。

肖凤走进儿子的小屋里，轻轻抚摸着他写字的桌子，抚摸着他今天早晨还睡过的被褥，眼泪终于掉了下来。从今以后，她会天天关怀着芝加哥这座陌生的城市，思念着儿子正在那儿干什么，她会永远悬着一颗心，祝福着那像谜一样遥远的地方。

车声隆隆

我曾经在一座紧挨着大街的楼房里，居住过整整六个年头，每天都听到窗外隆隆震响的汽车声，随着明媚的阳光射进来，抑或拥着呼啸的大风飘进来，粘着淅沥的雨水滴进来。这嘶哑和重浊的噪声，总是在耳边絮聒不休。从黎明直到黄昏，当我坐在书桌旁边埋头写作时，这绵延不绝的响声，就吵吵嚷嚷地扰乱着自己的思绪。

我正想赶写一篇游记，描摹和咏叹武夷山秀丽的风光，可是这令人心烦意乱的噪声，像一大群喜爱饶舌的人们，唠唠叨叨地嚼着舌根。多么庸俗、猥琐和刺耳的声响，完全打断了我的思路。我只好快快不乐地放下稿纸，随手拿起一本《法国革命史》来。刚读到丹东站在讲坛上，滔滔不绝地发表雄辩的演说时，窗外那汽车喇叭的吵闹声，汽车马达疯狂旋转的轰鸣声，和汽车轮子摩擦马路的喧哗声，多么像刽子手使劲地扳动着断头台的铰链，似乎要提前葬送他的生命。

每当深夜来临，刚躺在床铺上，汽车的噪声好像变得更凶猛了。为什么纵横地躺着要比挺直地坐着，会灌进耳朵里更多的音量呢？简直像怒吼的风暴，訇然的雷鸣，噼啪的枪声和轰隆的炮响。夜晚原来应该是安宁与柔和的，透过窗口仰望天空里闪烁的星光，多么的洋溢着诗意。然而这喧闹得近乎疯狂的噪声，已经把任何一种诗情画意都吞噬了。我尽量想摆脱烦躁的情绪，让自己赶快镇静下来，开始回忆巴赫和肖邦那些回肠荡气的曲调，刚冒出几个华美与隽永的主题，立即被多少汽车粗笨和丑陋的噪声驱散得无影无踪。

我无可奈何地用被褥裹住颈脖，捂住了两只耳朵，还紧紧合拢露在外面的眼睛，终于在昏昏沉沉中睡去。大概没过多久，这样的噪声又吵醒了我，只好叹一口气，默默地思忖着这凶猛和酷烈的声浪，也许已经笼罩着广漠的世界，地球上大概很少剩下听不到它咆哮与肆虐的净土了。它整日整夜地喧嚣和骚扰着大家，把多少人折磨得头晕目眩，心儿在剧烈地迸跳，于是就出现了无休无止的失眠，变得异常的疲惫和衰弱，总是那样的没精打采，恍恍惚惚。

我是一个感觉很迟钝的人，神经系统也还相当健全，对这永远袭击和扰乱着人们的汽车噪声，不过是多少感到有点儿厌烦，却依旧乐呵呵地打发日子。我常常瞅见跟自己住在同一座高楼里的几位邻居，总是烦恼地摇着头，长吁短叹地诉说自己被这汹涌澎湃的声音，吵闹得无法工作和休息，无论是白天或黑夜，都感觉头疼欲裂，四肢无力。我曾经在收音机里听到过，任何一种剧烈的噪声，都会造成严重的精神病症，也会加速病人的死亡。瞧着这几位面容憔悴和行走蹒跚的朋友，真怕他们会坠入那危殆的深渊中去。

在这些邻居里面，有位患着心脏病的学者，曾经撰写过探讨魏晋思想的论文。我们每一回晤面时，他都抱怨那汽车的噪声，把自己打扰得食不安席，寝不安枕。多么可怕的声响，已经使他无法变得旷达和超脱了，焦躁地诉说着要回到故乡的山村里去，寻觅陶渊明笔下的桃花源，在汩汩流淌的小溪旁边，悠闲自得地打发日子。

有一天清晨，这位学者的妻子发现他僵硬地躺在地下，手里还捏着一本《陶渊明集》，估计是在轰轰隆隆的汽车噪声中，烦躁得加剧了心儿迸跳的速度，像咚咚地在擂鼓，像熊熊地在焚烧着大火，于是从床铺上跌落下来，在惆怅和憎恶中突然死去，永远也无法前往芬芳、苍翠、静谧与幽深的桃花源了。

北京城里的汽车噪声，始终在猛烈地震响，永远把人们卷进喧哗的漩涡。它是在磨损着人们性命的一种巨大的灾祸；然而这发出噪声的汽车，却又是人们无法离开的。不少发了财和掌着权的人儿，固然会喜爱昂贵和豪华的轿车，平民百姓也得挤上高耸和庞大的公共汽车，去赶路和上班。更不用说为着建造房屋，搬运钢筋水泥的大卡车，虽然发出的噪声更来得凶猛，却跟许多缺少住房，几代人挤在一间破屋子里的贫困居民，有着十分密切的关系。他们日夜盼望着搬进宽敞一点儿的房屋，如果没有这大卡车震耳欲聋的轧轧声，怎么能够实现如此美丽而又缥缈的梦呢？

汽车的发明与使用，无疑是一件惊天动地的好事，如果徒步跋涉要花费几个钟点的话，它却在顷刻间就可以抵达。多少个世纪中对于行路艰难的悲叹，已经被它彻底地解决和消除了，而且坐在汽车里旅行，还成为一种舒适的享受。如果能唤醒早已长眠在地下的戴姆勒尔，跟这位于公元 1887 年制造成世界上第一辆汽车的德国人对话，我多么想郑重地询问他，在整个设计和构造的程序中间，有没有认真地思索过，把开动汽车这神奇的魔术赠送给人类之后，会给他们带来什么样的幸福和灾难？有没有认真地思索过，这呕哑嘲哳得难以卒听的噪声，会不会像打开了潘多拉的宝盒，从此以后就永远骚扰着整个世界？难道人类在获得它飞快的速度和舒服的享受时，注定要付出如此沉重的代价吗？为什么包括汽车在内的多少科学发明，在给予人类重大的赏赐时，却又很残忍地折磨和虐待着他们呢？

我曾站在北京市内一条分外宽阔的大道旁边，张望着一群高楼大厦底下的峡谷里，排成了好几列长队的汽车，似乎要绵延到无穷无尽的远方，缓慢地奔跑了一会儿，重新又停顿下来。喇叭的尖叫声和轮子摩擦石板的震荡声，把这条大道变成了嘈杂和喧闹的场地，真想赶快从这儿逃走。匆匆忙忙地绕过多少汽车，寻觅着两座贴近大道而又遥遥相望的高楼，分别拜访了萧乾和荒煤这两位德高望重的前辈作家。他们都严丝合缝地关闭着门窗，正在伏案疾书，肯定是害怕和躲避汽车的噪声吧？

这两位老人都曾巡游于枪林弹雨的战场，为了尽快传递那些战士的业绩和心声，他们都曾冒着生命的危险去冲锋陷阵，并且挥舞着自己手中的笔，呼吁人们去制止纳粹德国和日本军国主义的野蛮侵略。五十年前的枪声、炮声和炸弹声，早已经灰飞烟灭了，他们却在另一种汽车噪声的袭击中，依旧孜孜不倦地思索着，中华民族应该怎样走向更为合理和美好的未来？我真钦佩这两位坚毅和顽强的思想者。

还记得那一年，我在日本的札幌盘桓时，曾经借宿于北海道大学的会馆里。当自己推开窗门，张望那辽阔和高旷的蓝天底下，只见一辆接着一辆的小轿车，飞也似的来往奔驰，像击打着锣鼓一般的噪声，纷纷扬扬地从窗外直扑进来。我赶快关住窗门，却依旧听到一阵阵雷鸣似的声响。

到了黑黝黝的夜晚，躺在床上正想睡觉时，这噪声就更乖张和凶悍了，好像要刺穿我还算坚强的神经。我整夜都被折腾得迷迷糊糊，在似梦似幻的磨难中，回忆起好多年前借宿于大阪的一座旅馆里，昂着头颅聆听窗外凄厉和混沌的汽车噪声。一团团像云雾那样飘浮的思绪，就冉冉地升向长空中去，思忖着正在此时此刻，世界上有多少饱受这噪声侵袭的人们，也许都瞪着眼睛，摇头晃脑地叹气。甚至还有人在它不断的纠缠和锤打中，最终停止了细微的呼吸，结束了辛劳与迷惘的一生。人类在追求现代文明生活的速度和舒适时，付出的代价与牺牲，为什么会如此的巨大呢？

从札幌重返东京，走进朝向一条繁华街道的旅馆大门，真担心自己又要在呼啸中度过长夜了。多么幸运的是这一间小屋，正面对着偏僻的巷子，瞧见窗外一座座高耸的楼房底下，排列着几棵矮小的梧桐树。从高处俯瞰下去，真像是欣赏盆景里的绿荫，偶尔看到有人在匆匆行走，却找不着任何一辆汽车的影子。我可以坐在椅子上专心地念书，仔细地欣赏音乐，然后还有一个从容和安稳的睡眠。在车声隆隆的东京，能够于无意中找到这样的住处，真不啻是天上人间了。这样的一种情景，给我留下分外深邃的印象，就是房屋的窗户必须离开汽车闯荡的通衢，同时还要增加它的厚度，才能够极大地防御和躲避难听的噪声。

有一回我走过皇宫外面的街道，透过草坪和树林，隐约地瞧见了逶迤和重叠在一起的好几座宫殿，距离汽车的噪声有多么遥远，那儿肯定是异常静谧的。回到北京之后，我若有所思地游逛了故宫，藏在一座大殿的背后，张望着高耸的飞檐，竭力想要谛听外面大街上汽车的声响，却丝毫也听不出来。我还去探望过一位住在豪华宾馆里的朋友，刚走进金碧辉煌的大厅，就把汽车的噪声远远地抛开了。同样是生活在喧哗的大城市里，贫穷的人，无权无势的人，确乎更会受到汽车噪声的侵袭与骚扰。

我接着又去张家界云游，当天夜晚借宿在山下一所简陋的房屋里，高高兴兴地躺在床上，仰望着天空中皎洁的月光，就开始幻想明天会怎样陶醉于美丽和神奇的山壑之间。刚合上眼睛，想做一个五彩缤纷的梦，吱吱怪叫的大卡车从远处狂奔而来，轰轰隆隆地冲过窗外的马路，一辆跟随一辆地吵闹着，反复回旋，永无休止。哪里还能够静悄悄地休憩？于是浑身燥热起来，惊恐地叹息着这汽车的噪声，竟如此迅捷地席卷了华夏的城镇和山村。想要在偌大的中国土地上，寻找一处幽静和安宁的住所，大概也已经是相当的困难了。

在怪僻与乖张的汽车噪声中，我又走到窗前，辨认着远方黑漆漆的山峰，被月光照出了浓重的轮廓，不由得想起早已逝去的德国哲学家叔本华。他的感觉神经也实在太娇嫩和敏锐了，只要听到任何一种细微的噪声，都会恐惧和憎恨得周身颤抖，甚至连轻轻挥舞的马鞭声也无法容忍，觉得它“夺取了人生一切的安静和思虑”“如同一把利剑刺在身上”，是“思想的杀戮者”。如果他听到了比马鞭声不知道要吵闹几万倍的汽车噪声，一定会立即趋于疯癫的状态，被这魔鬼似的呼啸声折磨而死。幸亏在他去世 27 年之后，这地球上才出现了第一辆神奇和诡怪的汽车。在一生中从未听到过汽车的噪声，也许是他最大的幸福，尽管他自己已经无法意识到这一点了。

今天乘坐过汽车的人们，比起叔本华来是幸运抑或不幸呢？这似乎将永远成为一个令人迷茫的悖论。我盼望着想造福于人类的科学家，赶快去消灭从汽车这躯壳里冒出的噪声和喷发的多么肮脏与有毒的尾气，好让现代世界的文明生活，变得十分的安静和清洁，真正向着充满诗意的美丽的境界翱翔。

辑二

话说知音[1]

两千多年前这个关于知音的传说，已经深深地隐藏在多少华夏子孙的心坎里。有时发出细微的声响，让他们欣慰地咀嚼和回味，有时却又像飓风似的咆哮，催促他们赶快去付出行动。神往和充满渴求这样充满了崇尚友情的知音，是一种多么纯洁和神圣的情操。

说的是春秋时期的伯牙，当他在小舟中专心致志地鼓琴，钟子期竟会听得如此的出神入化。他将仰慕着高山的情思注入音符时，钟子期立即慷慨激昂地吟咏着："巍巍乎若泰山！"他挥舞手指弹出浩荡迸涌的水声时，钟子期又像是站在滚滚的江河之滨，禁不住心旷神怡地叫喊起来："汤汤乎若流水！"对这变幻无穷和神秘莫测的琴声，怎么能感应得如此的丝毫不差，竟犹如从自己心弦上盘旋着飞翔出来的？如此神奇地领悟和熟稔着伯牙弹奏出来的袅袅情思，真像是变成了他的化身一般。如此难于寻觅的知音，怎么能不让伯牙万分地兴奋和感激呢？因此当钟子期

1　本文入选 2002 年全国普通高校统一招生考试语文试题。

死去之后，他就再也没有心思触摸琴弦了。深切地懂得自己的知音，也许是并不多的，怪不得唐代的诗人孟浩然，要反复地感叹“恨无知音赏”和“知音世所稀”了。

我偶或在黝黑的深夜里浏览着《列子·汤问》和《吕氏春秋·本味篇》，思忖着“知音”这两个字眼的分量。想得心驰神往时，眼前似乎笼罩着一阵阵飘逸的云雾，在惝恍和朦胧中超越了时间的阻隔，觉得伯牙老人隐隐约约地从这两本典籍的字缝里走了出来，矍铄地站在我身旁。当我向他衷心地致敬时，多么想唐突地劝慰他，依旧要不断地奏出震撼人们灵魂的声音。其中自然应该有悼念那位知音的悲歌，让多少人更透彻地理解智慧的灵魂和丰盈的情感，是多么的值得怀念和尊重。像这样美丽动人的乐曲，难道就不会熏陶出第二个、第三个直至更多的知音？而如果不再弹奏这迷人的弦索，哪里还能引出心心相印的知音？知音总是愈多愈好的啊！

更何况伯牙学习鼓琴的道路实在是太艰辛了，我曾在《乐府解题》里看到过类似的记载。据说他整整三年都困苦地弹奏着，琢磨着，冥想着，手指都开裂了，鲜血直往外冒，浑身都消瘦了，憔悴得像奄奄一息的病人。无论怎么向老师请教，琴弦上总是蹦出一丝丝混浊和粗糙的声响。于是苦心孤诣的恩师带领他奔向波涛汹涌的东海，整日整夜在沙滩上踯躅。狂风吹肿了眼睛，暴雨淋湿了衣衫，烈日晒黑了皮肤，黯淡和凄惨的月光又使他迷失了道路，险些溺死在奔腾的海浪中。这铺天盖地怒吼着的波涛，这茫茫无际蔓延着的天涯，这扶摇直上哀号和翱翔着的鸥鸟，霍地使他开启了紧闭的心窍。琴声突然变得悠扬而又壮烈，清爽而又浩瀚，刚劲而又缠绵，悲切而又欢乐。我似乎瞧见了他无法遏制自己的眼泪在脸颊上滚滚流淌。像这样花费千辛万苦学得的技艺，轻易放弃了是多么重大的损失，艺术的途径必须不懈地坚持下去，在任何声色犬马的诱惑面前，也都不能动摇和沉沦。

大凡能用声音、图画或文字去打动人们的艺术家，往往会历尽沧桑，甚至要闯过多少生死的关隘，还得在日后反复地揣摩，昼夜都不停歇。既然已经耗尽了毕生的心血，投入了如此艰巨的工夫，确实就应该永不停顿地奋斗下去，将自己美好和高尚的追求始终留存在人们心中，获得更多更多的知音。

古代美女息妫的悲剧

几乎是古往今来所有的人，都会从心里深深地喜爱着美丽的女子。那如花似玉的脸庞，那袅袅婷婷的身影，那清脆悠扬的声音，都会永远荡漾在自己的胸间。像一阵阵清爽的微风，一缕缕明净的月光，始终吹拂和照亮着自己宁静或焦躁的灵魂，留下了欢快与神往的回忆。像这样对于美的向往和激赏，应该是可以使得自己的心灵，更加丰盈起来，更加洋溢出一种浓郁的诗意。

然而在那些绝代的佳人中间，有着多么不同的性格与命运。有些心地纯朴和善良的美女，受尽了人世的煎熬，昼夜打发着伤心欲绝的光阴，悲悲切切地叹息，泪眼嘤嘤地抽泣。为什么她们会如此的不幸？这是因为权倾天下的专制君王，抑或诈骗钱财的黑心富豪，都把贪婪与猥亵的目光，死死地盯住她们，诱惑或胁迫她们抛弃原本是恩恩爱爱的伴侣，一心要抢夺、霸占和蹂躏她们，当作自己发泄情欲的玩偶。这样凶狠和恶毒的暴行，会迫使她们痛苦的灵魂，枯萎和凋零下去，最终跌入死亡的深谷。却也有下贱、狡诈和阴险的美女，总想要凭着自己天生尤物似的姿容，千方百计地去巴结、投靠、谄媚、跪拜和侍候着君王或富豪，好过上锦衣玉食的奢华日子。

无论是女人或男人，往往都会显得纷繁复杂，千差万别，有的多么善良，有的却如此凶恶。而善良的人，往往会悲惨地夭折；凶恶的人，却很风光地吹嘘、扯谎和吆喝着。为什么人世间竟会如此的不公？

在我自己悠长的读书生涯中，曾经接触过许多描写美女的篇章，像几十年前吟咏过的《诗经》里面，那一首鼎鼎有名的《硕人》，曾被后世的评论家誉为称颂美女的千古绝唱，我是至今也还能够清清楚楚地背诵出来的。然而由于自己读书的杂乱无章，不求甚解，几千年来中国历史上多少美女的故事和传说，都从未仔细与深入地研究过，因此在脑海里就只留下一些很零星和混沌的印象。

倒是那一位春秋时期的美女息妫，尽管已经是 2700 年前的往事了，她那忧伤和绝望的身影，却常常踯躅在我的记忆中间。因为在 34 年前的隆冬季节里，我曾经在她故乡的村舍里居住过。当时正值胡乱折腾的“文革”期间，成千上万原来居住在北京的人们，在那一声严厉的号令下，只好偷偷把眼泪咽进肚子里去，乖乖地前往外地荒僻的乡野。如果有人胆敢发出丝毫怨言的话，在经过批判、斗争和定罪之后，照样会灰溜溜地被押解着前去。那又何必再自找没趣，让早已被折磨得奄奄一息的自尊心，重新遭受一次新的凌辱？

且说我们这支小小的队伍，经过辗转的迁徙，才抵达了河南的息县。我被指定住宿在一间低矮和破旧的草屋里，推开两扇凹凸不平的门板，就像走进了一个黝黑的地洞，模模糊糊地瞅见周围的四堵泥墙，已经开始微微地倾斜。凛冽的寒风从那数不清的窟窿中间，呜咽着渗了进来，冻得我心里不住地悸颤。

每天的夜晚，我就睡在这肮脏和冰凉的草屋里，忧愁地思念着远方的亲人，心里埋怨着这种过于残忍的做法：为什么要强迫大家妻离子散，各自都过着孤苦伶仃的日子？千百年来的多少帝王，还允许那芸芸众生，阖家团聚，安居乐业，只要你愿意充当驯服的顺民，不想去推翻他们统治的话。可是在“文革”的荒唐岁月里，这种囚禁和蹂躏灵魂，随心所欲地处置与驱遣人们的做法，据说是已经引起全世界绝大多数遭受压迫的民众，像盼望着明亮的阳光那样，希冀也能够降临到他们的身上。真是编造得太奇怪了，如果整个世界都模仿着这样的榜样，人类生存的状态也许就更令人绝望了。这样默默地想着，真觉得凄凄惶惶，百无聊赖，而且还充满了无穷的恐惧。

有两位也住宿在这间草屋里的同事，正悄悄议论着息妫的故事，轻声细语地向我呼唤，要我也跟他们一起聊天，说是整日都闷闷不乐的，怎么能够舒畅地活着？得尽量保持自己健康的心态，也许还有希望回去全家团聚呐！这真是很友好地提醒了我，如果不摆脱自己忧伤的思绪，确乎会性命难保的。于是稍稍地振作起精神来，跟他们聚集在一起，谈论着息妫悲惨的命运，和她决绝地自尽的故事。

早知道在这附近的土地上，曾经有过一座桃花夫人庙，就是为了纪念息妫的。不过它距离我们居住的村落，究竟有多远的路程，实在也茫然不知了，又不敢去冒失地打听。是命令你来从事艰苦的体力劳动，借以在流汗与劳累中改造思想的。你倒有闲情逸致，去寻幽访古，依旧沉溺在从前那种不健康的趣味中间，这不是亵渎了革命的理念？因此就只敢在心里悄悄地琢磨，最多是像眼下这样，跟两位同事偷偷地谈论一番，也算是一种消遣和解闷。

他们提起了王维的那一首《息夫人》，说是这位唐代的诗人，多么同情息妫的遭遇，同情她那样始终坚持着无言的抗议。说得兴起时，竟高声背诵出“莫以今日宠，能忘旧日恩”的诗句来。连他们自己也觉察了，吟咏的声音过于响亮，赶紧都屏住声息，侧着耳朵倾听窗外的动静。万一有什么多事的人路经这儿，在薄薄的墙外听到了，如果疾言厉色地揭发我们，就得挨一番重重的批判。大家都吃过这样随便议论的苦头，况且话儿也已经说得很尽兴了，就赶紧匆匆地结束，各自回到床上躺了下来。

我半闭着眼睛，又想起了另一位唐代的诗人杜牧，思忖着他在《题桃花夫人庙》这首诗里，对于息妫发出的那一番感叹。那一句装成要询问别人的“至竟息亡缘底事”，其实是已经由他自己做出了回答，认定是息妫的美貌，成了息国灭亡的原因。根据《左传·庄公十四年》里的记载，贪恋女色的楚文王，听说息侯的夫人，长得十分的俏丽，于是出兵剿灭了这弹丸之地的弱国，将息妫掳掠而回，置于后宫之中。这就应该说是好色而又霸道的楚文王，动了劫掠美女的邪念，才成为息国被消灭的原因。

楚文王掳掠了息妫之后，强迫着她满足自己热浪滚滚似的情欲。这并非相亲相爱的宽衣解带，而是将自己尊严的身躯，赤裸裸地横陈在一个凶恶与无耻的男人面前，只能使她感觉羞辱与痛苦，因此直到生育了两个儿子之后，还始终都沉默不语。楚文王问她，为什么要如此呢？息妫的回答是，碰上像自己这样的遭遇，纵使下不了去死的决心，还有什么话好说的？息妫的这个回答，说明她曾经萌生过死的念头，不过在面临着生存与死亡的关隘，还没有下定决心，果断地去结束自己的生命。何况她日夜都牵挂着息侯的下落，思念着能否再见到他，跟他商量怎么度过今后的日子？

世界上绝大多数的人们，对于自己的生命总是很留恋的，用自己颤抖的双手，去结束这只能够存在一回的生命，需要多么巨大的勇气啊！怪不得有一句在民间流传的俗话说，“好死不如赖活”。既然还没有下定去死的决心，就只好在揪心的痛楚中，严厉地盘问和谴责着自己，并且沉默地打发这浑茫的日子。息妫无疑是在精神和肉体上，都受尽了损害与蹂躏的弱者，她丝毫也没有任何的罪愆。

一个女子的出落得妩媚端庄，这总是因为接受了父母天赋的遗传，再加上后来的调养与教诲，形成一种非凡的气质。本来是很值得欣喜的事情，却造成了息妫最大的悲伤与痛苦，多么值得同情与怜悯啊！而掠夺与凌辱过无数美女的楚文王，才是卑劣和可耻的罪犯。杜牧却有点儿冷酷地数落着息妫，贬抑和讥刺她不如晋代巨富石崇的乐妓绿珠，能够非常壮烈地殉情而死，因此就要“可怜金谷坠楼人”了。

杜牧笔下另一个故事里的主人公石崇，非常热衷于钻营仕途，谄媚权贵。他所聚敛的大量不义之财，则是自己在荆州刺史的任上，劫掠远道的客商所致。他后来建造了富丽堂皇的金谷园，挑选很多容貌秀美的乐妓，供自己消遣作乐，打发着奢侈淫逸和声色犬马的日子。据说每逢宾客云集时，石崇就让这些乐妓殷勤地劝酒，客人如果推推搡搡，不肯一饮而尽的话，立即命令站立着的阉奴，杀掉劝酒的乐妓，实在是太野蛮和残忍了。

在这些美貌的乐妓中间，擅长吹奏笛子的绿珠，是最为出色的佳丽。石崇对她分外青睐与爱护，还常常向众人炫耀，于是传播开去的名声，就变得十分响亮，竟引起了孙秀的嫉妒和垂涎。孙秀是西晋皇胄赵王司马伦宠信的佞幸，在主子飞扬跋扈的羽翼底下，也曾颐指气使，势倾朝野，没有几个大臣奈何得了他。他在风闻了绿珠迷人的艳丽与风采之后，就派人前去索要。石崇慷慨地表示，除开自己这最宠爱的绿珠之外，任何一个长袖善舞的美女，都可以大方地相赠。习惯于说一不二的孙秀，被唐突地回绝之后，顿时就勃然大怒起来。正好在此时，司马伦刚篡夺了自己侄孙晋惠帝的皇位，孙秀就矫诏下令，去收捕石崇。

石崇的府邸被团团围住，他在气势汹汹的兵卒面前，长吁短叹地跟绿珠说道，“我是为了你才获罪的！”

绿珠含着眼泪回答，“为了报答您的恩情，我要死在您的面前！”话音尚未消散，她已经刚烈地坠下楼去，死在了花草丛中。

比起柔弱地咀嚼着痛楚的息妫来，绿珠果断地完成了自己一了百了的结局，真算是显出了一股巾帼的豪气，然而她为了如此贪婪和残暴的石崇去死，似乎也并不值得。因此绝对不能以她坠楼的行径，当成唯一的榜样，去指责无辜与受害的息妫。更何况息妫最后也还是在张望着息侯褴褛的惨状之后，毅然决然地自尽了。

杜牧运用对比的手法，责怪着饱经沧桑的息妫，连被迫无奈地充当专制君王污辱的玩物都不行，而他自己却又那样的放荡，不住地吹嘘着“十年一觉扬州梦，赢得青楼薄幸名”（《遣怀》）。他亵玩过多少妖艳的妓女，还津津乐道着男人此种荒淫的欲念，却不给息妫施舍点滴同情的心理，是否有点儿显得吝啬和小气了？

杜牧在急管繁弦的妓院里纵情声色时，立即于自己的这首《遣怀》中，陶醉着“楚腰纤细”的掌故。而在议论息妫的那首诗里，也是以“细腰宫里露桃新”开始的。纤纤细腰的美女，多么的楚楚动人，确乎会引起他深深的憧憬。然而这个掌故的来历，是专有所指的，它出自“楚灵王好细腰，而国中多饿人”（《韩非子·二柄》）。楚灵王是掠夺了息妫的楚文王之后，两者之间相隔了 100 多年，诗人大概是为了要浓墨重彩地去渲染一番，就把这两桩事情混淆起来了。对于一位才华横溢和追求浪漫的诗人来说，自然是完全可以不管这些细枝末节的。不过像这样的写法，跟当今有些电视剧里那种“戏说”的作风，倒多少有点儿相似。

根据刘向《列女传》里的记载，息妫在忍受了长久的污辱之后，有一天偶然在城池旁边，邂逅了睽违已久的息侯，正在充当着守门的仆役。她突然明白和醒悟了，自己已经委委屈屈了多少难挨的日子，原来这恩恩爱爱的夫君，也在承受着撕心裂肺般的灾难，像这样活着实在太痛苦了。她悄悄地向息侯诉说，“我日日夜夜都想念着您，与其活生生地分离在地上，还不如赶紧死了团聚在地下的好！”

息侯悲悲戚戚地劝阻着她，她决绝地扭过头去，整个身躯像卷起一阵飓风似的，顷刻间就跳下了城墙。息侯看到了妻子死亡的身影，也就在那一天，伤心地结束了自己脆弱的生命。

经历了多少痛苦的煎熬之后，他们终于都选择了壮烈的死亡，这总是值得同情和钦佩的行动。在茫茫尘世中，有多少的弱者，还不是受尽了痛苦，依旧苟且偷安地活着？放弃生命，甘心去死，那是何等艰难的抉择！

清代初年的诗人邓汉仪，就这样会心地吟咏道，“千古艰难惟一死，伤心岂独息夫人”（《题息夫人庙》）。面对着生死抉择的痛苦挣扎，永远会折磨和斫丧着自己的心灵。不仅息妫是如此，还有多少尚未彻底泯灭了良知的男男女女，肯定也都是如此的。

根据当时有关的文字记载，说是邓汉仪的这首诗，还产生过不小的影响。像徐承烈的《燕京琐语》里，就叙述过“清初巨公曾仕明者，读之遽患心痛卒”。这究竟是一个什么样的人物，却语焉不详，并未加以说明。如果真有其人的话，倒也显出他残存与破碎的良心，还并未丧失殆尽，竟爆发着一丝刚烈的气概。

在当时山河变色之际，像坚持抵抗清兵而殉难的史可法，像不屈不挠地图谋匡复明室的黄宗羲，像誓死拒绝康熙年间博学鸿词科举荐的吕留良等等，诚然都是可歌可泣的。然而逐渐衰败的明朝已经灭亡了，清代的王朝已经行使了在全国的统治，总不能要求人人都成为那样的英雄豪杰。许多平平常常和庸庸碌碌的官吏或士子，在天崩地裂般的改朝换代之际，也总得活下去，总得寻找一个安身立命之处，这实在是一桩无可奈何的事情。

无论是大明或大清的王朝，那些掌握了绝对权力的专制帝王，总会被这样的权力所摆布与腐蚀，总喜爱让普天下的芸芸众生，都匍匐在地，磕头跪拜，诚惶诚恐地服从自己下达的命令。哪怕它来得万分的荒谬，也必须一呼百诺，按此照办。谁如果想要忠贞和执拗地去进谏，触犯了他们变得很暴虐的性子，后果将会是非常严重的。就说明朝末年的崇祯皇帝朱由检，尽管是律己甚严，殚精竭虑，不近声色，想在充满了内忧外患的腐烂危局之中，竭力挽狂澜于既倒，却也难逃这专制统治无法避免的规律，在决策时总是那么刚愎自用，偏听偏信，乖戾异常，胡乱下令，终于在自己的手中，断送了祖传的帝业。

最让人扼腕叹息的一件事情，是他既轻率地听信朝臣的谗言，又愚蠢地中了敌方反间的计谋，竟在京城被后金的重兵团团围困之际，冤杀了独力支撑着大厦将倾的兵部尚书袁崇焕。袁崇焕真堪称当时的国之栋梁。先是在山海关外的激战中间，把努尔哈赤轰击得身负重伤，溃逃后不久，便匆匆地死去了；接着又把他的儿子皇太极，也打得大败而归。后金的兵将只要风闻袁崇焕的大名，就会毛骨悚然起来。崇祯皇帝竟把这样忠心耿耿和智勇无双的将帅，残忍地杀害了。那么他所有的臣民，还能够有什么安全的感觉？那么浑浑茫茫的残破山河，还能够有什么保全的希望？当然不会有的了，连他自己也在李自成的队伍围攻和冲进北京之后，慌张地吊死在皇城附近的一棵大树上。

崇祯皇帝是自己毁灭了已经万分危殆的江山，息妫却是在强敌侵占自己国土之后受尽了摧残。她面对着生死抉择的这种痛苦挣扎，竟使得两千余年之后投降清朝的那个官吏，也感到心灵的猛烈冲撞，于剧烈的抽搐和疼痛中死去。这个春秋时期的美女，在劫难纷繁的乱世中间，能够如此地震撼心灵，引起强烈的共鸣，真也是充分地显示出传统文明强劲与神秘的魅力。

每当我想起息妫的时候，总会猜测她，究竟是长着何等美丽的容貌，是否像《硕人》里所形容的，“手如柔荑，肤如凝脂，领如蝤蛴，齿如瓠犀，螓首蛾眉”那般的模样？当然也并不一定必须如此，美是各式各样的，最具有自己独特的个性。凡是吸引着人们想去好好欣赏的脸部的轮廓，身体的线条，尤其是那种“巧笑倩兮，美目盼兮”的迷人的神态，应该可以说是一种美的极致。

像这样的美女，如果不是生长在杀伐和战乱之中，而且还远离了势利、倾轧和诈骗的话，就不会产生任何的悲剧；如果平安与纯洁地生活着，还充满情致地去构筑自己理想的蓝图，将会是多么的美好啊！

浩气长存

始终记得在多么遥远的少年时代，朗读着《战国策》里荆轲的故事，吟咏着"风萧萧兮易水寒"这悲怆的曲调，心中竟燃烧出一团熊熊的火焰，还立即向浑身蔓延开来。灼热的血液似乎要沸腾起来，无法再安静地坐在方凳上，双手抚摸着滚烫的胸脯，竟霍地站起来，绕着桌子缓缓地移动脚步，还默默地昂起头颅，愤怒地睁着双眼，就像自己竟成了这不畏强暴和视死如归的壮士。

当秦国的千军万马正大肆挞伐，践踏着东方多少肥沃的土地，杀戮着无数手无寸铁的民众时，荆轲这壮士竟义无反顾地前往暴君的宫殿，想用自己的意志和力量，去制服凶残与暴虐。他虽然悲惨地失败和死去了，然而这种壮烈和决绝的精神，永远会像卷起阵阵的狂飙，越过漫长的历史，越过浑茫的旷野和嘈杂的城市，叩打着多少人的胸膛，询问他们能否也像荆轲那样，为了挽救大家的生命，为了惩罚暴君残酷的罪行，毫无恐惧地去献身和成仁。这穿越着空间和时间的声音，永远呼唤着人们作出响亮的回答。

对于这急迫和严肃的提问，任何一个多少有点儿血性的男人和女人，似乎都应该责成自己做出像样的回答。自然是不可能人人都佩剑带刀，去拼搏和厮杀的，不过这种慷慨献身的精神境界，肯定又是人人都应该具备的。只有当人们的心里蕴藏着这样凛然的正气，才能够在面对着暴虐的欺凌、贪婪的掠夺和淫逸的泛滥时，勇敢地去加以谴责和制止。而如果不是这样地去坚持正义，却浑浑噩噩地活着，醉生梦死地活着，那就会成为十足的苟且偷生。回顾我自己几十年来平庸的生涯，虽然也曾经满腔热血地投笔从戎，想与黑暗抗争，想去追求光明，可是在多少回面临着独断专横和强迫命令沉重气氛底下的荒谬和不义时，却缄默地低头，胆怯地嗫嚅，违心地附和，这是多么痛苦而又微茫的苟活啊！

我常常想起荆轲死去六百多年之后出世的陶潜。他是多么地想有所作为，渴望着“刑天舞干戚”这样英勇顽强的精神，然而他置身的仕途实在太肮脏和黑暗了，无法再忍耐着混迹下去，却又不敢像荆轲那样去抗争和搏斗，只好伤心地选择了一条逃匿与隐遁的路，似乎是在度过一种悠闲和飘逸的生活，唱出了“采菊东篱下”和“飞鸟相与还”这些千古传扬的佳句，然而没有勇气做出一番事业的痛楚，肯定会常常咬啮自己的心灵。他如此动情地讴歌着荆轲，不正是痛悼自己无法献身于人世的极大悲哀吗？他在《咏荆轲》中所吟唱的“此人虽已没，千载有余情”，恰巧是一种无限的憧憬和向往。他整个的人生历程自然是早已注定好了，不可能像荆轲那样英勇无畏地面向人世，可是荆轲那种决绝、壮烈和高旷的精神，却在他毕生的路途中留下清晰和深邃的痕迹。他毕竟抛弃和超越了卑俗，向着高尚的境界攀援。

我最敬佩的巾帼英雄秋瑾，也曾经歌唱着荆轲的“殿前一击虽不中，已夺专制魔王魄”(《宝刀歌》)，充满了多么豪迈的胆魄和磅礴的气概，我想也许正是荆轲那种一往无前的精神，激励着她去投身革命和从容就义。人们常常用妩媚、温柔、娇嫩和弱小这些字眼，去形容世间的多少女子，可是每当想起了蔑视酷刑和斩首的秋瑾，我常常会惭愧得无地自容。为什么自己总是这样胆怯和恐惧呢？我想如果陶潜能够有机会碰见她的话，在内心中肯定也会激动得比我更难于自持。因为他是最敢于真诚地审判自己灵魂的诗人。真是可以这样断然地说，如果一个人阅读或听说了荆轲的故事，却依旧无动于衷，还纵容自己沉溺在无聊、卑琐和屈辱的日子里面，却并不痛下决心去改弦易辙的话，那就确实是一种庸俗和可怕的苟活。

荆轲应该说是一个十分幸运的人，因为他曾经接触和交往过的几位朋友，也都是那样的决绝、壮烈和高旷。郑重地将他推荐给燕太子丹的隐士田光，只是因为听到太子丹告诫自己，切勿诉诸旁人的那一句嘱咐，竟在催促荆轲赶快晋见太子丹的时刻，决绝地拔出宝剑自刎了。太子丹提醒他不要泄露这个消息，当然是表示对他莫大的信任，他却惧怕这种疑虑的念头，即或像丝线那么细微，也可能会影响轰轰烈烈的义举，于是用死亡之后的永远沉默，表示出自己忠贞的承诺。我常常缅怀和思索着此种书生的意气，觉得这似乎执着得近于迂腐，却又那样温暖、鼓舞和感动着人们的心灵。正是这种刚烈和浩瀚的气势，激励着荆轲走上抗击强暴的征途。田光的死似乎显得有些轻率，其实却是囊括了千钧的重量，因为在生命中如果缺乏和丧失了诚实的允诺，变得油滑和狡诈起来，那就会成为毫无意义的存在。而田光以决绝的自刎表达承诺的重量，整个的生命就闪烁出一股逼人的寒光。

英勇而机智的荆轲，正筹划着一个有条不紊的行动方案，为了吸引秦王嬴政的乐于上钩，就需要砍下他仇人樊於期的头颅，作为晋见时奉献的一项礼品。想当初樊於期在行将被嬴政屠戮之际，匆忙逃亡到燕国投奔了太子丹，估计他不会忍心下令去砍杀的，于是执着的荆轲悄悄去谒见樊於期，告诉他一个既可以报仇雪耻，又能够保卫燕国的计划。也是决绝、壮烈和高旷的樊於期，立即撕开胸前的衣襟，紧握着拳头，倾诉出切齿腐心和痛彻骨髓的仇恨。在宣泄了这通心灵的悲愤之后，他也像田光那样决绝地自刎了。每当回顾着这三位义士的时候，我的心弦总会异常激烈地振荡着，多么希望自己也逐渐生活得像这样勇敢和昂扬起来。

樊於期的猝然死去，自然也激励着荆轲的意志和行动，他和太子丹所完成的最后一个计划，是连剧毒的匕首都已经淬成。这是针对嬴政在自己上朝的宫殿里，为了要杜绝行刺的危险，连警卫的兵甲都得远远地站在殿外，晋见的各色人等更是绝对禁止佩带任何刀枪。荆轲他们怎么能想得如此巧妙，将这把匕首藏在伪称要呈献国土的地图中间？对时刻都贪婪地想要攫取大片土地的暴君来说，实在是一种最好的引诱。这把匕首只要刺出一缕鲜红的血丝来，就会致人以死命。被用作尝试的牺牲者，已经在刹那间倒下死去，尚未出发就造成了几个无辜者的骤然死亡，复仇雪耻和保卫社稷的代价实在是太沉重了，我常常想着也许历史就是如此悲惨地翻开它每一页的。

所有的准备工作都宣告完成了，荆轲只等候着一位挚友的来临。在荆轲从来都显得很沉稳的心中，不知道是否在猛烈地翻腾和跳荡？我常常躲在黑夜的小屋里，多么想超越时间和空间的阻塞，跟他推心置腹地交谈，询问他当时那种何等紧张的心情。此刻的荆轲自然是不会有心思谈天说地的，正焦急地等待着远方的挚友，忙碌地替他准备着行装，觉得只有他与自己同行，才应付得了秦国宫殿里警戒森严的场面。我总是猜想着荆轲正在做一个兴奋和壮烈的梦：两个人紧紧地挟住了嬴政，一把匕首在他头顶挥舞，勒令他赶快答应退还那大片侵占的疆土。

急躁难耐的太子丹，既缺乏智慧猜透荆轲周密的计划，又并未谦虚和诚恳地向他请教与磋商，却莫名其妙地怀疑他动摇和懊悔了，催促他赶紧动身，说是如果他再犹豫不决的话，就将派遣乳臭未干的鲁莽汉子秦舞阳先行上路。这一番毫无头脑和气急败坏的话语，对于豪情满怀和寻觅知音的荆轲来说，实在是一种极端粗暴和无法忍受的侮辱，引起了他愤怒的呵斥。我有多少回读着《战国策》里的这段记载时，禁不住要扼腕长叹起来，深感荆轲后来的失败，正是在这儿栽下了灾祸的种子。这娇生惯养和颐指气使的太子，实在太缺乏远见了，太没有涵养了，太不信任跟自己共襄义举的伙伴了。正是他胡乱的猜疑和慌张的催促，刺伤和激怒了荆轲充满尊严的内心，这样就完全扰乱和毁坏了那个周密的计划。唐代散文家李翱所撰写的《题燕太子丹传后》，指责他把荆轲当成是自己所利用的牺牲品，确乎是洞察了这公子王孙自私的内心。不过李翱说荆轲未曾看出这一点来，却并不符合明显的事实。如果他看不出来的话，怎么会如此愤慨地呵斥往昔多么尊敬的太子丹？不过他尽管看出来了，却又绝对不会放弃抵抗暴秦的正义行动。

从容沉稳和豁达大度的荆轲，是并不轻易发怒的。司马迁编写的《史记·刺客列传》，在抄录《战国策》里有关的全部记载时，还刻意地补充和渲染过荆轲的这种性格，描摹他在跟不相干的人们论剑或博棋消遣时，每逢那些家伙发怒叫嚣起来，就默默地走开去，再也不打照面了。一个怀着远大志向的人，怎么能斤斤计较于那些琐屑的争执？从市井中多少庸人的眼里，也许会认为他胆怯和无能，却哪里懂得他这颗整日整夜都在燃烧的心，只能为着伟大的理想和目标，才会义无反顾地释放和爆发出来。

荆轲对于太子丹燃烧出这种愤懑的怒火，是因为深感他侮辱了自己尊贵的人格，亵渎了曾经引为知音的情谊，所以再也不愿意居住在这座美丽的花园和繁华的台榭里面，连片刻都不能忍耐了。原来想等待着那位挚友的来临，虽然是涉及这整个壮举成败与否的重大关键，却也无法再等待下去，于是就怒气冲冲地仓促出发了。每当阅读到这儿时，我总是深深地感到有一种不祥的预兆笼罩在自己周围。

在易水之滨送别的场面，永远会让多少世纪之后的人们心潮澎湃。阴霾的长空中，风声不住地呜咽着，好像整个天地都为荆轲的远行低回和垂泪。高渐离凄厉和悲切的击筑声，引起了荆轲哀伤的歌咏。平常在一起聚会的志士们，都静静地淌着眼泪，有的还动情地啜泣着，他们也会估计到荆轲的失败和英勇牺牲吗？我在默默地背诵《战国策》时，总是鄙夷着太子丹狭隘和浅陋的心胸。如果不是他扰乱了荆轲这完满的计划，那么两个充满谋略和勇气的壮士，也许能够大功告成，让多少后人惆怅叹惜的悲惨结局，或者就不会发生？我早已发觉荆轲预感到了前途的凶多吉少，否则怎么会高唱“壮士一去兮不复还”这悲怆的歌呢？然而他既然已经不屑再这样敷衍地生活下去，当然就只有冒着生命的危险踏上征途，曾经允诺过的誓言就必须去进行，哪怕抛弃生命也要完成这庄严的承诺。我猜测着荆轲在放声豪歌时，心里一定会思念自刎的田光和樊於期，悲悼和崇敬着他们高贵的英灵，才从忧伤的情绪中飞升着自己的绝唱。唱得激昂慷慨和淋漓尽致，像飓风似的敲击着众人的胸膛，叩打得他们都睁大着滚圆的眼珠，头发在茎茎地竖立，还悄悄地耸起了雪白的冠冕。

《战国策》和《史记·刺客列传》里描摹的这个场面，曾经感动过世世代代的多少华夏子孙。我就听到不少朋友们都诉说着，这雄壮而又凄凉的歌声，总在心弦上振荡，鼓舞和召唤着自己奋发有为起来，去从事正义和严肃的工作；却不该在苟且偷生中浪掷自己的生命，这样的话不是比死亡更来得令人恐惧吗？

当荆轲和秦舞阳步入咸阳宫的阶陛时，一行威严的武将和肃穆的文官，似乎都在怀疑地盯住了他们，而端坐在殿上的秦王，只是轻轻晃动着莫测高深的脸膛，好像已经窥见了他们包藏的祸心。曾经在市井中杀人逞凶却从未见过世面的秦舞阳，吓得浑身颤抖，走路摇摇晃晃的，脸色刚变得灰白，接着又泛出血红的颜色。臣子们都疑惑和紧张地瞧着他昏眩的神态。

胸有成竹的荆轲把这一切都瞧在眼里，不慌不忙地走向秦王的案前，恭恭敬敬地作揖说："这来自北方蛮夷的傻小子，哪里见过上国的天子？一会儿恐怕还会吓得屁滚尿流，请我王宽大为怀，好让他赶紧完成使命！"于是在跟秦王的对答中，乘势从秦舞阳手里递上卷着匕首的地图，在嬴政贪婪与狂喜的目光底下，轻轻地滚动和展开了它。有多少回读到了这儿，我几乎都要击节朗读起来，钦佩着荆轲临危不惧的胆魄和化险为夷的本领。凝练成这样的气质和涵养，真可以说是超凡绝俗了，永远受到后世的赞叹和敬仰，自然是并非偶然的事情。

且说荆轲左手揪住秦王的衣袖，右手执着那把可怕的匕首，从秦王的头顶凶猛地向下戳去，想置他于死地，简直是易如反掌的事情，为什么会耽误了呢？这个千古之谜竟从未有人猜透过。

其实在《战国策》和《史记·刺客列传》里，是叙述得清清楚楚的。当太子丹向荆轲布置这个庄重的任务时，明白地交代了两种不同的方案，最好是挟持和胁迫他，勒令他答应退还各国诸侯的土地；如果他胆敢反抗，就只好刺杀了事，这样也可以造成秦国的混乱，然后再以合纵之势攻讨它。

荆轲当然是想心领神会地贯彻这个计划，所以异常焦急地等待着远方的挚友，因为他一眼就看清了秦舞阳粗蛮背后的颟顸和窝囊，只好独自去抓住和威胁秦王，这样就显得缺乏十足的把握，因为自己的青春年华毕竟已经暗暗地消逝。竭力渲染着这段往事的司马迁，曾形容自己努力和认真地“网罗天下放失旧闻”，这样才能够在《刺客列传》里添加另外的记载：据说荆轲曾将自己的政见向卫元君游说过，却未被采纳。卫元君即位于公元前253年，12年后被秦国所迁徙，游说的事情应当发生于其间。如果说荆轲在当时刚满弱冠之年，那么在他行刺秦王的公元前227年，至少已是四十左右的中年汉子了，精力正在缓缓消退，而嬴政则刚度过三十挂零的岁月，正值血气方刚和行动敏捷的年龄，想在角斗中降服他确实是很困难的。荆轲面临着挟持或刺杀的抉择，有些类似哈姆雷特“生存还是灭亡”的困惑。因为他首先是必须考虑原来计划中挟持的方案，只有等到无法降服时才好去刺杀，这把剧毒的匕首是让嬴政吓得心惊胆战，答应退还侵占的土地，抑或立即戮进他的头颅，等待着秦国的大乱呢？也许正是这瞬间的犹豫，耽误了整个行动的时机，才以悲惨的失败告终。

且说灵活和健壮的嬴政，从刹那的惊愕中挣脱出来，飞快地离开了座椅，腾跳着退到了远处，撕断的衣袖还扯在荆轲手中。嬴政狠命地从剑鞘中拔长剑，手掌却颤抖着，怎么也拔不出来。只得边拔剑边绕着柱子躲闪。在昏天黑地般的慌乱中，竟想不起叫唤宫殿底下守卫的武将。多少手无寸铁的大臣也惊慌地张望着，有几个勇敢的就赤手空拳地阻拦和包围着荆轲，摆出了搏斗的架势。有个侍医将手中提着的药囊使劲地向荆轲掷去。还有的轻轻叫喊着替嬴政鼓劲，“大王快从背后拔剑！”

嬴政狠狠地打量着被几个臣子所缠住的荆轲，终于镇定地拔出剑来，冲上几步砍断了他蹲立着的左腿。荆轲流着鲜血跌倒在地上，赶紧将手中的匕首掷向嬴政。嬴政浑身晃动着，在当啷的声响中，匕首钉在柱子上。嬴政又凶狠地挥剑刺去，遍体鳞伤的荆轲在血泊中大声地笑骂，他于临死前还无畏地叫唤着，说起了正是首先要挟持秦王，让他答应退还大片领土的计划，才阻碍了行刺的实现。这确乎是一出永远令人扼腕叹息的悲剧。映衬着光明磊落和大义凛然的荆轲，太子丹的父亲燕王喜实在太卑鄙和无耻了，这个连禽兽都不如的龌龊小人，在兵败逃遁的时刻，竟下令搜捕和宰杀自己的亲生儿子，想去呈献给侵凌和屠戮自己祖国的敌人。这出丑恶得令人耻笑和唾弃的喜剧，正好也剖开了某些统治者的丑恶灵魂，为了苟且偷生竟可以这样无耻地钻营，甚至出卖自己全部的节操和情感。

陶潜在自己那首诗里还惋惜荆轲的武艺，说是“惜哉剑术疏，奇功遂不成”。他肯定是根据《史记·刺客列传》中鲁句践私下的议论，“惜哉其不讲于刺剑之术”，才做出这个结论的吧。然而荆轲的行刺，并不是仗剑而行，却是暗藏着匕首，因此陶潜这多少带着一些佩服而又惋惜的议论，其实也是以讹传讹的话儿。而且在《刺客列传》中分明描写鲁句践是跟荆轲博棋的，盖聂才跟他议论过剑术。在这个巨大悲剧的帷幕降下之后，并非盖聂却是鲁句践评论荆轲的剑术。司马迁的这种写法很值得玩味，是否有点儿像当今所说黑色幽默的味道？正是曾说过自己“好读书不求甚解”的陶潜，对此也许是做出了一个错误的判断吧？真远不如李翱的《题燕太子丹传后》，评论太子丹和荆轲不谙时移势易的道理，认为他们所策划的挟持此种打算，其实是违反了历史进程的荒谬行为。他们只是迂腐地记住了公元前 681 年曹沫挟持齐桓公，逼他归还鲁国土地的故事，却想不到离开他们 450 年前诸侯并立的局面，那些所谓贤明的国君都得标榜自己说话的信誉，以争取人心的归附；而他们所面对的秦王嬴政，正穷凶极恶地驱赶着虎狼般残暴的军队，处心积虑地要消灭所有在风雨飘摇中剩余的邻国，就算是挟持成功了，最多也只能换来一个停止侵凌的虚假承诺罢了。

我是能够接受李翱此种见解的，却同时又觉得在这里也是最好地显示出，豪情满怀和注重信义的侠士荆轲，根本就无法理解专制魔王嬴政的狡诈与卑劣，才会考虑这样去与虎谋皮，而不是大快人心地把他杀死了事。

无论是有过什么样的议论，这一幕喑呜叱咤的历史悲剧，都将会浩气长存，永远激励着百代以下的志士仁人们。当然是绝对地不必大家都去扮演刺客的角色，尤其是在像希特勒那样被历史所咒骂和唾弃的专制魔王最终绝迹后，民主的秩序必将替代个人的独裁。刺客是专制魔王的惩罚者，却也是民主秩序的破坏者，因此一般来说也就不再需要刺客们去建立正义的功勋了。不过像荆轲那种决绝、壮烈和高旷的精神，将会永远鼓舞着大家去抛弃苟且偷安的日子，憎恶醉生梦死和声色犬马的堕落，永远憧憬着圣洁和高尚的人生目标，尽量为人类和世界的迈进作出自己的贡献。

询问司马迁

曾经有过多少难忘的瞬间，沉思冥想地猜测着司马迁偃蹇的命运，痛悼着他灾难的遭遇。有时在晨曦缤纷的旷野里，有时在噪声喧嚣的城市中，这位比我年轻十来岁的哲人，好像就站在自己的身旁。我充满兴趣地向他提出数不清的命题，等待着听到他睿智的答案，他就滔滔不绝地诉说着许多使我困惑的疑问。只要还能够在人世间生存下去，我就一定会跟他继续着这样的对话，永远也不会终结地询问和思索下去。

这是因为他孜孜不倦地追求着目标："究天人之际，通古今之变，成一家之言"，始终在猛烈地拨动着我的心弦，还深沉地埋藏在那里，似乎要等待着发芽和滋长，有时却又响亮地呼啸和奔腾起来。我深深地感到了他的这句话语，恰巧是道出人类历史上所有思想者澎湃的心声。一个真正是严肃和坚韧的思想者，一个真正是诚挚地探索着让人们生活得更为美好的思想者，肯定会像他这样全面地思虑着人类与宇宙的关系，考察着历史往前变迁的轨迹，然后再写出自己洋溢着独创见解和深情厚谊的著作来。

司马迁对于自己这种异常卓绝的目标，究竟追求和完成得如何呢？我常常在反复地思索着这一点。从他贡献出这部囊括华夏的全部史迹，写得如此完整、详尽、清晰、鲜明和动人的《史记》来说，毫无疑问地应该被推崇为中国最伟大的历史学家。比起几千年间中国所有封建王朝的多少史家来，他应该说是完成得分外出色的。更何况他是在蒙受宫刑的惨痛和耻辱中，蘸着浓烈的鲜血，颤抖着受害的身躯奋力去完成的。

对于清高的士大夫来说，宫刑是一种多么巨大的耻辱，因此每当司马迁念及这割去男根的灾祸时，始终都沉溺在晦暗和浓重的阴影里面。不仅又迸发出一回剧烈得足以致命的伤痛，而且肯定还像有多少狰狞的魔鬼，在戏弄和蹂躏着自己洁白的身躯，无穷无尽的羞耻在血管里不住地盘旋和冲撞，快要敲碎胸膛里面这一颗晶莹明亮的心。此时此刻就会像他在《报任安书》里所说的那样，冒出一身淋漓的大汗，肝肠都似乎要寸寸地断裂，在一阵阵眩目的昏晕中咬牙切齿地挣扎着。如果倾斜着跌倒在地上，就一定会僵硬地死去；这时候如果赶快去旷野走动，让阳光底下的微风轻轻地吹拂着头颅，也许浑身的血脉会稍稍地舒缓过来，然而他又决不敢跨出自己的门槛，有多少嘲笑、讥讽和猥亵的眼光，像涂抹着毒药的箭镞，正扣在绷紧的弓弦上，焦急地等待着往自己的胸脯射来。只有偷偷地躲藏在屋子里，先是轻轻地呻吟和叹息，逐渐让浑身凝住的鲜血慢慢地流淌开来，再用悄悄的长啸与悲歌，稳定和凝聚着自己生存下去的意志。在凄惨、浑浊和肮脏得像粪土般的人世中，低下头颅默默地咀嚼着刻骨铭心的痛苦，使尽浑身的气力拼搏着去撰写。像如此剧烈的惨痛和身心交瘁，能不能把这个追求的目标，发挥得使自己异常满意呢？我猜想他的回答大概是否定的。

遭受着如此羞耻和痛楚的宫刑，几乎是让司马迁永远跌入了濒临死亡的精神炼狱。造成这事件的原因简直太荒唐了，只是因为汉武帝刘彻在上朝召问时，他曾诚心诚意地替在沙漠绝域中转战杀敌，最终寡不敌众而败降匈奴的李陵游说。他的出发点真可说是忠心耿耿，想为朝廷争取更多的人心，却未曾预料到竟会触怒皇上那根敏感和多疑的神经。因为刘彻立即觉得这会涉及贰师将军李广利，也许当时就在心里气愤地责骂司马迁，难道你不知道李广利是孤家宠妃李夫人的兄长？他那时统率着征战的全部军队，在李陵冒死激战时，却并未建立任何的功勋，为李陵说情不就会诋毁自己的这个外戚和佞幸？于是在盛怒之下，狠狠地叱责着司马迁，将他投入了监狱，还听从不少臣子谄媚和附和的谗言，哪里顾得上司马迁的性命与尊严，竟判定了用宫刑来狠狠地惩罚和侮辱他。

即使司马迁这一回进谏的话是谬误的，总也不至于遭受刑罚吧，更何况是这种使他终生感到无比屈辱和痛苦的宫刑。一个专制帝王的生气和愤怒，哪怕是毫无道理或荒谬绝伦的，哪怕是出于十分猥琐和卑劣的动机，也都能够高耸地盘踞在任何的法律和常识之上，成为不可违抗的圣旨，毫不容情地摧毁着任何人的生命和意志。司马迁不就是被压制在汉武帝的淫威底下，毕生都淤积着沉重的忧愁和痛楚，肯定每天都会有满腔的愤懑在汹涌澎湃，却也只敢隐藏在自己心里，哪里敢发泄出来？不知道他可曾像自己在《平准书》中描写的一般，浮起过张汤诬告有些大臣的那种“腹诽”。如果再把藏在心里的想法冒失地抒发出来，已经半残的生命肯定会在屠刀底下消失得无影无踪。然而这样沉重的耻辱和痛楚，怎么能不让自己的心灵振荡和呼号呢？那么司马迁真的是曾经产生过“腹诽”了？这也许永远是一个让人难以猜透的谜。

司马迁在刘彻之前就已经亡故，自然无法写成关于他的传记了，有文字依据可凭查找的，是《太史公自序》中《今上本纪》的简短提纲，在那里写着“汉兴五世，隆在建元，外攘夷狄，内修法度”等等，却都是些歌功颂德的话儿，真不知道他在琢磨这几句刺眼的文字时，脸上有没有发烫，身上有没有流汗，心里有没有想起汉武帝残忍和暴虐地对待过自己？然而不管在心里燃烧着多么猛烈的怒火，也是绝对不能够发泄出来的，因为专制帝王的任何暴行和恶癖，都只能够加以褒扬和美化，否则就会受到他极端严厉和残酷的惩罚。成为似男非男和女里女气的“闺阁之臣”，让司马迁痛苦和忧伤了一辈子的宫刑，又算得上什么？如果在当时刘彻的脾气发得更凶狠一点儿，直至被凌迟处死也不过是一桩小事而已。

正是这样“顺我者昌，逆我者亡”的专制主义统治方式，造成了几千年中间的谄媚、拍马、谗言、倾轧、钩心斗角，以及种种阴险毒辣的陷害和杀戮。谁如果想要爬上这专制王朝金字塔的顶层，不揣摩透那些无耻而又狠毒的权谋，恐怕就无法实现自己利欲熏心的目标。因此像那些看起来是道貌岸然的人，却早已演变成了跨起双腿走路的野兽。而对并无野心汲汲于往上攀附的人们来说，虽不必终日都熙熙攘攘和蝇营狗苟，昧着良心沉溺在笑里藏刀的势利场中，却也只好恐惧与孤独地谨言慎行，不敢有半句话儿触犯专制帝王的万千忌讳。于是在这种盲目的服从中间，逐渐滋生和壮大的奴性习气也就盛行起来，浓重地笼罩着整个民族的顶空。

司马迁毕生都坚持着自己正直的道德理想，绝对不会刻意地去奉承别人，然而在那种弥漫于人寰的专制主义精神蹂躏底下，他大概在有的时候也只好说一些违心的话语，却无法道出自己全部真实的见解。《今上本纪》里的那些设想，不正是如此形成的吗？更何况专制帝王无比神圣的思想，早已通过无数圣贤的典籍，和多少前辈导师的耳提面命，浓浓地融化和凝聚在自己的头脑里面，成为无法跨越的崇山峻岭。正是这种潜入和占领了整个思维中枢的意识，遏制着他无法更从容和深入地评论专制帝王的行径，尤其是对那个正决定着自己生死命运的汉武帝，难道还能够冒着彻底毁灭的危险去触犯吗？

他在《史记·礼书》中曾阐述过“君臣朝廷尊卑贵贱之序”，以及“上事天，下事地，尊先祖而隆君师”的道理。他在《天官书》中描摹许多星象的变化时，也总是经常强调它象征着人间的福祉或灾祸，主张要“日变修德，月变省刑，星变结和”，带上了不少天人感应的迷信色彩。尽管班固曾指责过他“是非颇谬于圣人”，其实他是尽心地恪守着似乎来自天命的君臣之道，从而也就多少沾染上盲目服从的奴性。残酷和暴虐的帝王专制统治，给他的这种沉重的精神创伤，实在是一种无可奈何的巨大悲剧。

生在两千多年前的司马迁，离后世整个人类的变化实在太遥远了。他无法梦见那个大声讴歌着自由和平等的卢梭，更无法梦见 1793 年法国国民公会的表决，以 387 票对 338 票的优势通过决议，判处国王路易十六的死刑。于是他只好沿着自己遵循的这条思路往前跋涉，对于自己遭受宫刑的切肤之痛，除了匍匐着身躯长吁短叹之外，大概也不会从心里升腾出一种英勇的气魄，去谴责它的极端野蛮和违背人道。他在《史记·乐书》里写道：“刑禁暴，爵举贤，则政均矣。”刑罚确实是应该用来禁止犯罪的，然而专制帝王所滥施的酷刑，它本身就是应该被控诉的罪孽。正因为遵循着君臣之间的“尊卑贵贱之序”，他也许还没有更大的勇气，去思索、控诉和彻底否定这种残暴的宫刑。

不过司马迁这一颗始终追求善良和正义的心灵，总是在剧烈而严肃地跳荡着，召唤和催促他在尽量不违背“尊卑贵贱之序”的前提下，实实在在地抒写着许多人物的种种事迹。在《高祖本纪》中惟妙惟肖地写出刘邦宽厚和容人，好色与好货；在《项羽本纪》中又活灵活现地描摹他无赖的品行。怎么能在项羽威胁他要是再不投降的话，就立即烹煮他的父亲时，竟狡猾奸诈地表示自己曾跟项羽对拜为兄弟，这样说来应该算是项羽在屠杀生父了，丧心病狂地提出等到煮熟以后，分一杯羹汤给自己尝尝滋味。真把刘邦这副流氓的嘴脸写得淋漓尽致，实在是极其强烈地揭露出了他内心的丑恶。幸亏他已经长眠在陵墓中，再也看不见司马迁替自己勾勒出来的丑态，否则的话肯定会龙颜大怒，区区的宫刑恐怕就远远地不够打发了。

在受尽专制君王肆意蹂躏与惩罚的淫威底下，依旧保持着这种秉笔直书的品格和勇气，实在太值得钦佩和景仰了。怪不得班固又会这样衷心地称颂他，“其文直，其事核，不虚美，不隐恶”了。而据范晔《后汉书·蔡邕传》中记载，那个诛杀了奸臣董卓的王允，在训斥蔡邕时竟说出这样的话儿，“昔武帝不杀司马迁，使作谤书，流于后世”。真是乱世人命贱如尘埃，在相互屠戮中杀红了眼的武夫，哪里会把像司马迁这样杰出的文人放在眼里？而且还萌生如此凶狠的险恶的念头，真不知比汉武帝还要厉害多少倍，读起来真使人毛骨悚然。在专制制度凶狠、酷烈和暴虐的熏陶底下，竟能如此毒化和扭曲人们的灵魂，会变得那样的残忍、恶劣和丧失人性。

鲁迅深受司马迁的影响，十分钦佩地称赞《史记》是“史家之绝唱，无韵之《离骚》”。他在自己的《灯下漫笔》中还议论过，每当改朝换代的“纷乱至极之后，就有一个较强，或较聪明，或较狡猾，或是外族的人物出来，较有秩序地收拾了天下。厘定规则：怎样服役，怎样纳粮，怎样磕头，怎样颂圣”。他在写下这段文字的时候，也许脑海中会晃荡过项羽和刘邦的影子罢？然而给了鲁迅这种启发的司马迁，他在撰述《高祖本纪》和《项羽本纪》时，也曾浮起鲁迅的这些想法吗？这真是一个神秘而又深刻的历史之谜。

生存在司马迁抑或蔡邕那样的环境中间，无论是张开嘴说话，或者握着笔写作，都会埋藏着深深的危机，说不准什么时刻惩罚就会降临头顶，屠戮就会夺去生命。司马迁竟敢在如此危险的缝隙中间，写出自己辉煌和浩瀚的《史记》来，确实是太壮烈和伟大了。然而他有时候无法更绚丽地完成自己这个宏伟的目标，那只能说是时代限制了他，限制了他思想和精神的苦苦追求。有幸生活在两千多年之后的思想者，无论从早已冲破了专制王朝的罗网来说，从早已沐浴着追求平等的精神境界来说，都可以更为方便地完成他所提出的目标。

“究天人之际，通古今之变，成一家之言”这个迷人的目标，正等待着今天和明天的多少思想者，去艰苦卓绝地向着它冲刺。

《长恨歌》里的谜

在一千余年来如此悠长的岁月中间，白居易的《长恨歌》获得了多少人们的喜爱，世世代代地被背诵和称赞着。这首诗歌里面，究竟有多少难以猜透却又值得索解的谜，不知道是否也曾引起过大家的注意？

《长恨歌》结尾时的那两句诗，“天长地久有时尽，此恨绵绵无绝期”，真能唤起人们深深的同情与惋惜。一个失去了权力的衰老的帝王，独自蜷缩在秋风飒飒的寒夜里，聆听着宫殿前边一阵阵沉重的钟鼓声，仰望着天空中颤抖的星辰，心窝里竟像被一把小刀宰割着似的疼痛不止。在多么难以忍受的煎熬中间，默默地呼唤着那个曾使自己心醉神迷的名字，眼前就浮荡出那张美丽、妩媚而又娇艳的脸庞，为什么竟如此匆促地生离死别，再也不能相逢和拥抱在一起了？

已经度过了古稀之年的唐玄宗李隆基，心里翻滚着多少痛苦的回忆，埋藏着多少永远都无法消除的怨恨，沉甸甸地压住了自己日益变得脆弱的生命，到什么时候才能够抵达迷茫与幽暗的尽头呢？曾有多少子民匍匐着跪拜他，曾有多少大臣虔诚地讴歌他，无限荣光和欢乐的往事，都已经崩塌与逝去了。他会想起自己最繁盛、最荣耀、最奢靡的岁月吗？他会想起簇拥着自己巧笑谄媚的无数六宫粉黛吗？曾经跟那些数不清的女子，搂抱、厮磨和欢爱在一起，却为什么就割舍不开地只怀念着这令人迷恋的美女？真是一个永远都无法猜透的谜语。

《长恨歌》在描摹杨玉环进宫的前后经过时，说她是“养在深闺人未识”“一朝选在君王侧”，这完全不符合当时的情况，她其实早已是唐玄宗的儿子寿王李瑁的妃子了。而当李隆基最宠爱的武惠妃刚去世之后，正陷于郁郁寡欢的哀伤中间，怎么就鬼使神差地与她邂逅了，刚出神地瞥了她一眼，竟失魂落魄地迷恋上了自己这儿子的爱妃，于是指派机灵与狡诈的宦官们，去办妥了所有的事情。先是移花接木地让她出家去当道士，然后再明目张胆地接到自己身边，满足了总在奔突和燃烧的情欲。

唐玄宗已经是五十余岁的老人，杨玉环却还未满二十岁的豆蔻年华，犹如一朵含苞待放的花儿，两人之间存在着几乎可以充当祖父与孙女的年龄差距，却这样如胶似漆地粘贴在一起。从唐玄宗掌握着至高无上的绝对权力这方面来说，宠爱和占有国色天香般的美女，早已成为他淫荡的禀性；从杨玉环渴望着享尽人间的荣华富贵这方面来说，李瑁恐怕是难以让自己很好实现这一点的，那么簇拥在能够满足自己愿望的年迈的帝王身边，自然会衷心地觉得这真是何乐不为和有何不可的事情。

真像歌德所说的那样，“哪个少男不钟情，哪个少女不怀春？”明眸皓齿与光彩照人的美妙佳人，跟英俊潇洒和风流倜傥的年轻男子，确实会相互地吸引起来。在几十个寒暑中充当着过来人的唐玄宗，对此自会有极端深切的体验。那么当他情欲骚动和专横恣肆地抢走杨玉环时，会牵挂自己这英俊的儿子吗？会担心他因为失去秀丽的娇妻，而忧伤和绝望起来吗？当李瑁面临着这如同暴风雨般突然袭来的灾祸时，他凄惶的心里究竟是一种什么样的滋味，这大概也永远是个无法索解的谜语了。不过唐玄宗立即给他另娶了左卫中郎将韦昭训的女儿，作为相应的补偿，多少还算得是个仁慈的父亲。比起自己听信宦官的谗言，残忍地屠杀另一个儿子李琚来，那真算得是天大的恩情了。

唐玄宗或许会读过《诗·邶风》里的《新台》篇，那里曾猛烈地讥讽过春秋时代卫宣公的丑行，竟把儿子娶回的俏丽姑娘掠夺过去，实在太可恶和可耻了。当唐玄宗偶或想起这个丑陋的掌故时，会稍稍地感到不安，会偷偷地责骂自己吗？作为一个曾经是精明能干的帝王来说，他是否熟悉自己祖父唐高宗李治在位时制订的《永徽律》，是否思虑过其中可曾规定抢娶自己的儿媳，是应该受到何种惩罚的犯罪行为？这些偶或会在他胸膛里涌起的念头，自然也永远都成为无法解开的谜了。

任何一个专制王朝所颁布的法律文书，对于层层叠叠的许多统治者来说，当然都并无丝毫约束的效力，这就是所谓的“刑不上大夫”，而至高无上和万寿无疆的专制君皇，当然更是可以荒淫无度，为所欲为。唐高宗不就是在自己的父亲唐太宗死后，把宫中的才人武则天先送去削发为尼，经过了这一番的掩人耳目之后，再召回自己的身边，堂而皇之地册封为昭仪了。掌握着对于黎民百姓生杀予夺全部权力的统治者，必然会不断地扩张自己藏匿在心中的无穷欲望，变得愈益的贪婪、狂暴和癫疯起来。这样就必然会将自己人格中半丝善良的念头，都彻底地窒息和扼杀了，邪恶、残忍和肆虐的心肠，已经变成了支配他一切行为的动力。

这些专制君皇的行径，不管有多么的卑鄙与丑恶，总会有御用的文人们，想出许多花言巧语来歌功颂德，将鲜艳和芬芳的花瓣，点缀着他们污秽与血腥的身躯，而那些劣迹斑斑和伤风败俗的恶行，却在威胁与恐吓所造成的缄默中间，被悄悄地遮盖和涂抹了，这就是所谓的“为尊者讳”。不过跟白居易在一起撰写《长恨歌传》的陈鸿，为什么很明白地道出唐玄宗，从他儿子的府邸中窃取了杨玉环，而白居易却刻意地隐讳这一点，还编造了一个美丽的谎言，他想取悦于谁呢？又如何跟陈鸿解释这一点的呢？似乎也是个永远都猜不透的谜了。

李隆基为了宠爱这妖媚、妖艳、聪颖与狡黠的杨玉环，竟让她顽劣和无赖的堂兄杨国忠总揽朝政，于是在一派乌烟瘴气中间，贪赃枉法，上行下效，多少官吏都打发着奢侈淫逸的日子。最倒霉的当然是哀哀无告的黎民百姓，连残羹冷炙都难以获得了，杜甫的那两句诗“朱门酒肉臭，路有冻死骨”，多么鲜明和深邃地描绘出了当时的情景。像这样的统治肯定是难以长期维持下去的。于是就引起了“渔阳鼙鼓动地来”，叛乱的战火开始在北方的藩镇燃烧起来。多少无辜的子民，于逃亡的路途中受尽了劫难，有的人就在屠刀底下纷纷地死去。

随着漫天烽火的急剧蔓延，最终连唐玄宗也只得带着杨贵妃等人，于禁军将士们的护卫底下逃离京城，并且在半途中引起了祈求皇上赐死杨国忠兄妹的兵谏。杨国忠如此的祸国殃民，自然是罪不容诛，然而这柔婉而又风骚、妩媚而又泼辣、能歌而又善舞的杨贵妃，只不过是迷惑了唐玄宗这颗眷恋美色的心灵。唐玄宗的罪孽无疑是远远地超过自己宠爱的杨贵妃，他如果在杀死了杨国忠之后，于护驾的军队面前，来一番下诏罪己的表演，应该是能够挽救杨贵妃的生命的，然而在风声鹤唳与慌张逃命的危急气氛中间，他就立即舍弃了这曾使自己心荡神迷的美女，往日里“在天愿作比翼鸟，在地愿为连理枝”的誓言，竟都变成了顺口胡扯和无须兑现的谎话。

当死亡与灾难降落到头顶的时刻，才能够充分地考验出男女之间的情爱是否可靠或忠贞？李商隐《马嵬》诗中所说的“此日六军同驻马，当时七夕笑牵牛”，从前后迥异的对比中，揭示出唐玄宗的怯懦、自私和虚伪。为了情欲的满足，他可以牺牲黎民百姓的利益；为了自己的安全，他又可以牺牲最宠爱的美女，独断专行的统治者必定会成为这样最自私的角色。李商隐如此犀利和深刻的眼光，可以说是明显地超越了白居易。

《长恨歌》结尾时所描摹的“七月七日长生殿”的浪漫情

节，根据陈寅恪《元白诗笺证稿》的考核，驻跸骊山应当在冬春之际，而此时的长生殿乃是祭祀天神的斋宫，怎么能曲叙儿女间的私情？陈寅恪以治学的极端谨严著称于世，为了确证唐玄宗并未于夏日去过骊山，肯定会查遍了浩如烟海般的唐代典籍，然而一部历史中间隐瞒真相的事情，不是经常在发生的吗？至于说于神圣的祭坛旁边不该谈情说爱，方正的书生自然会恪守这古板的规矩；对于无法无天和为所欲为的专制君皇来说，则又是一桩何足道哉的区区小事。

白居易刻意地描摹出唐玄宗暮年的孤独与寂寞，渲染着他对于杨贵妃的无限思念，就很容易引起善良却又单纯的人们，淡忘了他残暴和荒淫的另一面，流淌出一掬同情的泪水来。无论是发生在专制帝王抑或平民百姓身上，种种曲折多磨的爱情故事，同样都会激荡着许多人的心弦。当白居易跟陈鸿分头来描摹这帝王与贵妃生离死别的故事时，他也不可能不想起自己生活里面出现过的一段爱情经历。当他正值精力充沛的而立之年时，眷恋过一个十六岁的美女湘灵，匆匆分手之后，还始终萦绕于怀，写过好几首怀念她的诗篇，像其中的“两心之外无人知”和“利剑斩断连理枝”，立即会使人想起《长恨歌》里相似的诗句来。

用自己的经历和心理，去揣度笔下人物的内心冲突，这本来就是写诗与撰文的常情，不过有时候因为各自度过的生活，实在是太差异悬殊了，因此就难以十分贴切地写出某些自己未曾见过的场景来，像用“孤灯挑尽未成眠”这句诗，来抒写唐玄宗暮年的孤苦伶仃，辗转反侧，应该说是颇有意境的。然而北宋学者邵博的《闻见后录》，却指出宫闱中终夜都点燃着蜡烛，唐玄宗决不会自己动手挑去燃尽的灯芯，因此讥笑白居易“书生之见可笑耳”。

如果让白居易也像他自己描摹的杨贵妃那样，在海上仙山玲珑的楼阁中，读到了“临邛道士鸿都客”送去的这一册《闻见后录》，他会高昂着头颅辩解，抑或挥舞着手臂认可呢？这自然也是一个永远都无法验证的谜了。

至于为什么陈鸿写作《长恨歌传》的动机，明确地表示要“惩尤物，窒乱阶，垂于将来也”。而一再主张“文章合为时而著，歌诗合为事而作”的白居易，却在整篇的《长恨歌》中间，弥漫着如此忧伤与哀怨的气氛呢？陈寅恪的《元白诗笺证稿》认为，“长恨歌本为当时小说文中之歌诗部分，其史才议论已别见于陈鸿传文之内，歌中自不涉及”，这或许可以作为一种较为合理的解释。然而如果真要让白居易去描摹唐玄宗忏悔与谴责自己的祸国殃民，他大概会变得诚惶诚恐和手足无措的。由于作为专制帝王来说，早就被自己所掌握的权力宠坏了，整个心灵已经被腐蚀得丧失了任何高尚的道德情操，只想更贪婪地占有，只想更严酷地统治，只想世世代代的臣民们，一律都匍匐在地，赞颂和崇拜自己，怎么能够忏悔和谴责自己的什么罪行呢？对于这一点来说，白居易肯定是不敢也不善于去深入思索的吧。

面临着这样的评论，他是反对抑或赞同呢？这自然更是一个最值得去破译却又永远都无法破译的谜语了。

秦桧的铁像和文徵明的词

在杭州的岳飞墓前，跪着秦桧夫妇等四个铁铸的人像，都反剪着双手，垂下了罪恶的头颅。多少游人路过他们的面前时，都会投去轻蔑和憎恨的一瞥，有的还高声咒骂起来，甚至伸出手掌，狠狠地敲打着他们狰狞的脸庞。

秦桧杀害岳飞的故事，在中国的土地上几乎是家喻户晓的。处心积虑地杀害收复了一大片沦陷的国土，并且正准备直捣敌人老巢的抗金主将，这样就吹熄和毁灭了全国上下一片旺盛的战斗意志，非但是重振山河已经无望，而且还使整个国家堕入了危殆的境地。秦桧这几个阴险和卑鄙的奸贼，确乎是应该被人人所唾弃和鞭挞，成为邪恶和可耻的象征。在这样爆发出整个民族的愤怒中间，可以树立一种影响深远的浩然正气。

出面铸造和承办岳飞这“莫须有”的冤狱，然后又加以残酷地屠戮，确乎是秦桧这伙奸佞的大臣。然而岳飞在当时也是地位极高的重臣，被称为是南宋高宗皇帝赵构的爱将。对于这样一位叱咤风云的同僚，秦桧之流怎么敢于又怎么能够轻易地下手，而且还居然会如此顺利地得逞呢？似乎是很少有人去思索这样的问题。

首先是不会思索。在几千年来专制主义文化传统的束缚、蹂躏和控制底下，绝大多数的人们只敢于服从和重复由朝廷或大儒所详细制定的思想，养成了人云亦云的习惯，却无法发表自己的见解，更无法系统地宣扬自己具有独创个性的主张了；其次是如果认为秦桧没有这么大的权力和胆量去杀害岳飞，那么就只能想到他头顶上的那个人了。这还了得，不是就怀疑到极端神圣的皇帝头上了吗？按照专制主义的传统文化学说，皇帝是受命于天，来统治普天之下的臣民，是无比崇高和永远正确的，谁敢去怀疑这一点，那简直是罪大恶极。当然就极少有人会像是吃了虎豹和熊罴的胆，往那牛角尖里面去钻的，这样不是傻呵呵地犯了死有余辜的思想的罪孽吗？于是绝大多数的人就被迫着到此为止，不敢再往下考虑了。正是此种专制主义文化传统的深厚影响，锤打得多少中国人都养成了中庸之道，决不去冒险，从而就缺乏独立思考和追求真理的精神。

话虽然是这么说，但是在此种安于平庸的氛围底下，在一部中国文化史上还是涌现过不少杰出的人物。他们写出了不少闪烁着灿烂光芒的文字，抚慰和鼓舞着也在迷茫的暗雾中摸索与追求的后人。前面不是说过很少有人敢去思索赵构下令杀害岳飞的罪责吗？其实在岳飞墓前的廊庑中间，那一长串排列着历代名人题咏的碑帖里面，就镌刻着明代大书画家文徵明的一首《满江红》。这首词竟鞭辟入里地剖析了赵构所以要处死岳飞的阴暗、狠毒与卑鄙的内心："念徽钦既还，此身何属？"如果岳飞率领的常胜军始终是如此的势如破竹，很快就直捣黄龙的话，当过皇帝的父亲和兄长当然会被解救回来，哪里还轮得上自己掌握生杀予夺的绝对权力，享受天上人间的荣华富贵？

文徵明对于赵构的心理分析应该说是一针见血的。尽管他论列史实时尚稍欠严密的考核，其实当岳飞率军在朱仙镇获得大捷，威震中原，准备长驱北上时，徽宗赵佶已经死去有五年之久，孤魂焉能南旋，已不存在他回朝和复辟登位的可能。击中要害的是钦宗赵桓如果回来的话，赵构的政权就存亡未卜了，怎么不叫他心惊肉跳。为了保住帝位，为了阻挡赵桓归来，捍卫着半壁江山的大功臣岳飞，自然就成了妨碍他满足一己私欲的大罪人，自然就要除去这心腹的大患，于是岳飞的惨死就成为必然的事情了。文徵明说得多么符合赵构的心理，多么符合历史的真实，"笑区区，一桧亦何能，逢其欲"。

有多少游逛和瞻仰过岳飞墓的人们，往往在秦桧这几个奸贼的铁像前面，勃发出满腔的正义感，却也许从未瞧见过这附近廊庑中间文徵明的《满江红》，也许就是瞧见了也很难认同与共鸣。因为只有通过系统地艰苦思索，才可能冲破传统观念的藩篱，粉碎奴性主义崇拜的精神枷锁，充分认识到在通常的情况底下，历代的帝王才是专制主义独裁统治的罪魁祸首。

在弥漫着奴性主义的帝王崇拜氛围中，文徵明的见解确实是万分杰出的，洋溢着思索的豪情与勇气。另外也说明了并非每朝每代的任何一个专制帝王，都显得心胸狭隘，疑神疑鬼。更宽宏大量的是只要拥护自己的统治，说旁的皇帝坏话，跟我又有何干？甚至当面指斥自己的毛病，也都能够容许。文徵明确实是碰上了比较宽容的气氛，写一首这样的词就不会有任何的危险。而如果他碰上了一个残酷和严厉的专制帝王，这心事重重和灵魂狠毒的寡头，总是害怕被人篡位，总是害怕有人指出他的弱点，于是对黎民百姓的思想控制与任意惩罚，达到异常严酷和荒谬的程度。这对于当时来说是屈死了不少无辜的臣民，更为严重的还在于造成了延续许久的消沉的社会风气。

像清代的文字狱，就整肃得人们唯唯诺诺，不敢抒发和坚持自己的见解，变得精神萎靡，思想萧瑟，贪生怕死，苟延残喘，哪儿还敢挺住刚直不阿的骨气，发挥独立特行的智慧？这样一种万马齐喑的局面，就造成整个民族在沉寂无声中衰颓下去了。因此可以说大规模地制造文字狱的康熙和乾隆这两个皇帝，尽管他们建立了某些显赫的功绩，然而在上述这个重要的方面，无论如何应该说是历史的罪人。文徵明幸亏未曾碰上这样的朝代，平安地度过了一生，真是值得庆幸的。

说起来得让人捏一把汗的，是有很长一段时间生活在康熙年间的启蒙主义文学家廖燕，他在《高宗杀岳武穆论》这篇杂文中，竟如此尖锐地指出，秦桧所以敢用“莫须有”的理由“杀戮天子之大臣”，正因为此乃是“上意也”。高宗才是“千古之罪人”，而他只是“高宗之刽子手耳”。廖燕也像文徵明那样指出了这个惊人的结论："高宗欲杀武穆者，实不欲还徽宗与渊圣也"，他甚至还进一步指出赵构这样做，是"实欲金人杀之而己得安其身于帝位也，然则虽谓高宗杀武穆即弑父弑君可"。

赵构无耻地杀害岳飞，是为了杜绝战胜金国的可能，从而杜绝赵桓南归和复辟的可能。为了一己的私欲，竟做出如此伤天害理的坏事；竟可以将多少人民抛弃于奸淫掳掠和肆意屠戮的沦陷之中；竟可以置国家的命运于不顾，实在是太丑恶和卑劣了，也实在是罪孽深重得无可复加。不过说他想"弑父弑君"却并不合乎事实，因为他的父亲早已病故，而他的兄长则是掌握在金国手中的一张王牌，赵构深知对方是决不会轻易将其杀死的。

不管怎么说，廖燕如此桀骜不驯地议论受命于天的帝王，在大肆制造文字狱想把黎民百姓震慑得匍匐跪拜、吓唬得胆战心惊的大清皇帝看来，实在是大逆不道得很，还担心他会不会透过那些胡言乱语的历史掌故，对列祖列宗或自己的行径有所影射。只要沉溺于此种捕风捉影的鬼祟心态中不能自拔，那就是风马牛不相及的事儿，也都会严丝合缝地粘连在一起，真是欲加之罪，何患无辞，这自有御用文人们来做洋洋大观的定谳的文章。不过廖燕却并未受到惩罚，总是瞧见过他文章的人们并未深文周纳和揭发请赏的缘故，才侥幸地逃过了文字狱的罗网。

文徵明和廖燕这个直指赵构罪恶用心的结论，剥落了君皇神圣的虚假光圈，确乎是发人深省和启人沉思的。然而如果多少年来长期形成的整个奴性崇拜的气氛，并未得到很好澄清和消除的话，这黄钟大吕似的声音，也未必能够震响每个人的心灵。这就可见提高以平等精神为基础的现代文明素质，是一桩多么紧要的工作。

从鲍敬言到黄宗羲

刘大杰教授在开讲《中国文学史》的课程时，每个学期都要布置大家写一篇读书笔记，交给他批阅。我记得自己曾写过一篇读《桃花源记》的笔记，对于陶渊明那种乌托邦式的社会理想，抒发了不少充满稚气的感情，却因为限于自己的知识水平，未能对这个问题做出应有的阐述和分析。刘老师肯定了我有些艺术见解的独到之处，更多的却是指出我对这种乌托邦思想的论述太不充分了。

他从英国人莫尔的《乌托邦》，和意大利人康帕内拉的《太阳城》说起，又讲到了中国的鲍敬言和邓牧，讲到了他们要求建立摆脱君皇统治的幻想乐园。他娓娓道来，犹如讲述家常那样有趣，却又涉猎广博，寓意深远，点醒了我如何去做到宏远和踏实地治学。我觉得在他的点拨底下，自己的思想顿时变得豁然开朗起来，像越过了围绕着峰峦的云雾，站在山顶上眺望低矮的小丘和广漠的原野，真可以说是一览无余了。

我把葛洪的《抱朴子》和邓牧的《伯牙琴》都找了来，在《抱朴子》的“诘鲍”篇中，找到了鲍敬言“无君”论的思想。

他认为“古者无君，胜于今世”，有了“强者凌弱”和“智者诈愚”的局面，才使“君臣之道起焉”，这种天真和幼稚的想法，可能是从阮籍《大人先生传》里“古者无君而庶物定，无臣而万事理”派生出来。揭露尘世罪恶的乌托邦思想，自有其重大的进步意义，然而以向太古洪荒的倒退，作为自己理想的归宿，却又不能不带上消极和落后的色彩。

邓牧对于封建君主政体的罪恶，揭露得更为深入。他指出了人民对暴政“不得不怨”和“不得不怒”的正义性，还开出了“废有司，去县令，听天下自为治乱安危”的方案，这自然也同样是无法实现的乌托邦。

经过这一番钻研之后，我对中国思想史产生了极大的兴趣，而且也情不自禁地产生了这样的疑问，在整部漫长和悠久的中国思想史中间，有没有提出过在将来确实会成为现实的理想呢？我终于在黄宗羲的《明夷待访录》中，找到了令人欣喜的答案。他提出“古者以天下为主，君为客”，为君者“之勤劳必千万于天下之人”，并且进而借托“三代之盛”的情景，将君当成为公仆来看待，因此“君之与臣，名异而实同”，“君与臣，共曳木之人也”。他理想中的君和臣，是一种平等的同事关系，都是为“天下之人”谋求幸福的。黄宗羲的这种主张，笼罩着寄寓“三代之盛”的空想色彩，其实在骨子里却充满了激烈和系统的民主主义思想要求，成为近代启蒙主义政治思潮的开端。

可惜是在清初大兴文字狱的残暴统治底下，这种杰出的启蒙主义思想逐渐趋于沉寂，直到晚清之际，“梁启超谭嗣同辈倡民权共和之说，则将其书节钞，印数万本，秘密散布，于晚清思想之骤变，极有力焉”。（梁启超：《清代学术概论》）

《明夷待访录》提出的近代民主主义政治原则，固然有着天才猜测的因素，却也不能不是当时社会经济生活土壤中间开出的花朵。此书写成于 1662 年，又过了 27 年之后，《论法的精神》的作者孟德斯鸠才在法国诞生。他的思想与黄宗羲如出一辙，自然是由于法国当时社会经济生活的条件，以及思想文化方面比较趋于开明的种种积累，就使《论法的精神》显得更为成熟和系统化了。

同一时代的大学者顾炎武，在仔细地阅读了《明夷待访录》之后，深情地写信给黄宗羲说，“大著《待访录》读之再三，于是知天下之未尝无人，百王之敝可以复起，而三代之盛可以徐还也”。他真可以说是黄宗羲最好的知音，认为这部书有可能改变“百王之敝”的局面，估价确实十分精当。在神州大地上，也确实像顾炎武所说的那样，是大有人才的，问题在于能否出现一大片思想文化的沃土，以及怎样开垦和耕耘这样的沃土，以便让这批涌现出来的人才，充分地发挥自己的智慧。

清代的文字狱

20 世纪 60 年代初期，我在重读《鲁迅全集》时，注意到其中有不少提起清代文字狱的段落。在他的杂文《隔膜》中，更说到了《清代文字狱档》是一部好书，因为它汇集了许多五花八门的案件，使读者大开眼界，可以从中领悟到不少残酷的道理。我早就对清代的文字狱感兴趣，于是从图书馆借来了这部书，逐页翻起来。看完了其中收录的 65 起文字狱的前后经过，对清代统治者的残暴与野蛮，有了分外鲜明的了解。

庄廷鑨明史案是清初最早的文字狱之一，在顺治皇帝福临死前就已开始查办，康熙皇帝玄烨登位后不久，又接办了此案。庄廷鑨是浙江湖州的富豪，为了附庸风雅，召集一批学子编纂《明史辑略》。只是按照惯例，称清初开国时期为“建夷”和“奴酋”等，因为用了这样的不恭之词，于是被人告密，惹怒了清廷。此时庄廷鑨本人已死，竟至被开棺戮尸，株连被杀戮者达 70 余人。他们在开始时也许谁都没有想到过，编一部前朝的历史，会遭到这样的飞来横祸。说真的，他们并无多少反对清廷之意，只是对明代的覆亡多少有些黍离之感，因而并未向清廷谄媚，却按明代对努尔哈赤轻蔑的称呼来书写，于是竟遭受了这样悲惨的下场。

可见文字狱的目的，恰巧是为了要让人民充当万分温顺和驯服的奴才，谁只要稍微流露出一点不恭敬的意思，就会受到如此残酷的处罚，不管是生者和死者，都让你身首异处。

雍正朝的谢济世狱，以注经获罪；陆生楠狱，以论史遭谴，这更是给读书人敲响了警钟，无论是注经或论史，都随时可能有无妄之灾会突然降临。这样一来还有谁不感到战战兢兢的？还有谁敢公开发表自己的意见？看来只有做一个平庸和沉默的奴才；除了唯唯诺诺之外，还得学会拍马的本领，才是最平安妥帖的办法。不但没有被砍头的危险，还会步步高升，加官晋爵，在专制皇朝中充当高等的奴才，可是纯真和正直的人品也就被摧残和消灭了。要是拍马的本领不高明，也可能会遭受文字狱之祸。鲁迅的杂文《隔膜》，就举出了冯起炎被流放的案例，说明谄媚也会受到处罚，专制统治者的好恶无常和随心所欲，于此也就可以见出一斑了。

乾隆朝的胡中藻《坚磨生诗钞》案，其罪名就更为荒唐了。他某首诗中的“一把心肠论浊清”，是写士大夫意气的，在善于猜疑的弘历眼中，竟被曲解成了攻击清廷的铁证，大清皇朝怎么会变成了浑浊的呢？如果都能这样任意曲解定罪的话，从弘历自己的不少歪诗里，也可以定下十大罪状，判处死刑的。问题在于弘历是专制皇帝，只有他才可以任意判定别人的罪状。还有胡中藻的诗“并花已觉单无蒂”，弘历竟也心虚地认为，是讥刺孝贤皇后的死事。其实是他自己在巡游山东的船上，痛骂这列为头号的妻子，致使她在羞忿中失足堕水而卒。他不扪心自问一下，却对毫不相干的人和毫不相干的诗，无端地猜忌起来，真叫做自己有错，责怪别人，欲加之罪，何患无辞。

从这些文字狱看来，不论是编史、注经、论史和写诗，都免不了会有危险，稍有血性的人，简直无法在这所谓的盛世中生活下去。像这样前后 100 多年来的大兴文字狱，就从根本上摧残和扼杀了知识分子的骨气。多少读书人都显得精神萎靡，思想萧索，贪生怕死，言不属义，满眼都是死气沉沉的世界，真犹如龚自珍所形容的那样，“万马齐喑究可哀”。这样一个沉寂和无声的中国怎么能不衰颓下去呢？

龚自珍还在《古史钩沉论》中，谴责有清一代“积百年之力，以震荡摧锄天下之廉耻，既殄，既狝，既夷，顾四席虎视之余荫，一旦责有气于臣，不亦莫乎？”专制暴君将偌大邦国当成自己的家天下，凭一己之好恶，可以任意奴使与杀戮人民。如此厉害地摧锄民气，实际上是在推广着一种极端无耻的奴性主义气氛，国家当然就变得奄奄一息，毫无强盛的希望了。

黄遵宪在致梁启超的信中也说，“其文字之狱，诽谤之禁，穷古所未有。由是葸懦成风，以明哲保身为要，以无事自扰为戒。”这种文字狱对读书人来说，“务摧抑其可杀不可夺之气。束缚之，驰骤之，鞭笞之，执乾纲独断之说，俾一切士夫习为奴隶而后心安。”这实在是说得太透彻了，文字狱正是要使所有的人，都变成麻木和驯服的奴才。然而无论是龚自珍或黄遵宪，都还没有从近代民主主义法学的角度，去考察文字狱的问题。这就是如果对并未和行为结合在一起的任何思想进行定罪，肯定会违背给予公民自由权利的根本原则，无疑是在实行着一种残酷的暴政。

清代文字狱渗透于中国文化传统中的消极影响，实在是相当巨大的，绝不能说它的影子已经完全失踪了。在“文化大革命”中就发生过无数次大大小小的文字狱，多少人由于自己说过的一句话，写过的一篇文章，立即被批斗，被定为“现行反革命”，有的甚至被判了死刑。在那时真可以说是人人自危，噤若寒蝉。生活在这种专制主义的肃杀气氛之中，又能够有什么乐趣可言呢？不过是苟且偷生而已。

清代集文字狱大成的康熙和乾隆这两个专制皇帝，思想控制的手段确实是相当毒辣的，这种养成奴才习气的残暴政策，确实是绵延不绝，甚至遗留到了“文化大革命”期间，真可谓是皇恩浩荡啊！因此我深愿热衷于称颂康熙和乾隆这两个帝王的学者们，想一想龚自珍和黄遵宪这些沉痛的话语，也许还不是毫无益处的吧。

辑三

怀念方令孺老师

我永远记得方令孺老师，严肃而又慈祥地站在讲台上，诚挚地诉说着对于文学艺术的种种见解，向往着许多无限美好的理想。

我是在复旦大学读书时，听过她一年文学写作的课程。永远记得她黑黝黝和胖墩墩的脸上，总是含着镇静与机智的笑容；在她圆滚滚的眼睛里，也总是射出一阵阵热情澎湃的光芒。她说话的声调，她挥手的姿势，她身上穿着的那套列宁装，都显得朴素而又平凡；然而她流露出来的神情，却又显得那样庄严、纯洁和高贵。

我朦胧地觉得，像她这样气质的人，总会关心着年轻的学生们。果然是如此，她批阅大家的作业时，那种认真和仔细的程度，实在使我感到惊讶。大学生的作文，也许是比较幼稚的，却往往倾泻出内心的纯真，充满着美丽的幻想。她正是从一篇篇作业的字里行间，寻觅出这样的文句来，然后在课堂上逐一地讲评。当朗读着某位同学写得颇有韵味的段落时，她的脸上就布满了笑容，眼睛里闪烁着晶莹的泪光。她希望在我们这群青年男女中间，能够出现一批很好的作家，讴歌自己的祖国和民族。

有一回，我写了篇诉说自己母亲悲苦命运的诗，她在批改的意见中，说是有几句写得很动人，约我到她家里去详尽地交换意见。我走进她宿舍的小门，穿过短短的走廊，拐入一间矮矮的客厅，觉得真是个小巧玲珑和异常高雅的地方。红漆地板在阳光的映照下，闪闪烁烁地发亮。墙壁上挂着一幅绒画，那碧绿的大树和妩媚的野花，立即把我领进了一片缤纷的世界。这世界并不在遥远的他乡，而就在窗外那一架紫藤花的前面，几只画眉鸟正在草丛里扑腾着翅膀，飞向杨树的枝梢，一面还愉悦地鸣叫着。

我坐在沙发上，张望着茶几背后那尊玉石的雕像，分明是安徒生笔下那个海的女儿，一双秀丽的明眸。这立即使我想到方老师站在讲坛上，眨着的她那充满神往的眼睛。方老师拉开客厅背后日本式的木门，从卧室里走了过来，刚在沙发上坐定，就专注地谈论着我习作的诗了。她一再重复地表示，只要是抒发自己的真情实感，而且文字必须透出一种自然和明朗的美质，这样就一定能写出好的作品来。

对于年轻人的一篇习作，她竟也如此认真地指点和探讨，使我感动得说不出话来，只是微微地点着头，揣摩和领会她谆谆的教导。她对于写作要凭真情实感，以及对于散文美质的主张，可以说是影响了我的一生。每当我下笔撰文，或者发表关于散文创作的主张时，总会想起这位著名作家几十年前说过的话语。她对所有的学生，都是这样真诚地相待，约大家去谈话，指点大家写好文章。有不少同学被她这种诚挚的情绪所感染，常常上她家里去请教，我自然也是其中的一个。

见面多了，说话就更随便和广泛了，谈文学，谈历史，谈人生，谈理想，我多么爱听她亲切而又充满了诗意的谈话。记得有一天，她依旧是从我写自己母亲的那篇习作说起，说到妇女们在旧中国悲惨的命运时，她噙着泪水，很激动地诉说着自己的经历。她嫁在一个阔绰的富豪家庭里，在那座用金丝编成的牢笼中，没有自由，没有尊严，没有独立的意志，历尽了精神上的折磨。终于冲闯了出来，过着依靠自己劳动度日的崭新生活，她真是追求妇女解放的先驱者和实践者。听着她的话，我不能不想起自己的母亲，因此也默默地淌下了眼泪，思忖着跟方老师同样聪颖和善良的母亲，为什么无法改变自己寄人篱下的惨淡命运？而比她还要年长几岁的方老师，却能够坚强地突破家庭的樊篱，实现了自己的理想？

“人的命运真是变幻多端，你少走了一步，或者不敢再往前冲去，就会求生不得，求死也不得，这样活着也许比死亡还痛苦，所以要勇敢，要奋斗，要越过有形和无形的死亡。”她紧紧地攥着拳头，眼睛里那一阵朦胧的泪光，在突然之间消失了，顿时变成一道灼热和强烈的光芒，聚精会神地望着前方。我不由得钦佩地瞧着她那副凛然不可侵犯的表情，像是瞧见了她艰苦卓绝的一部奋斗史。这位和蔼可亲的老师，有着一颗多么刚毅和坚韧的心。

我到北京工作以后，也常常思念她，断断续续地给她写信。她那时已经调往杭州担任浙江省文联的主席了。她是个分外仔细和认真的人，千头万绪的工作，想必会够她忙碌的，却也从未耽误过给我回信。她说起在新的工作岗位上，结识了好多从前不认识的作家，还说起她在绍兴漫游的豪兴。我觉得她的心情是欢快的，她想多多地贡献自己的力量，我为她高兴，为她感到骄傲。

她每年来北京开会时，总要约我去看望她。我们每一回都谈得高高兴兴的，她总是鼓励我做好自己分内的工作，还希望我继续练习写作。记得有一回她来北京前，随便翻阅手头的《诗刊》时，看到了我发表在上面的一首《泰山的诗》，竟当着我的面，朗诵了其中的两句，赞许这首诗写得很有意境，问我能够背出来吗？真想不到她还这样认真地背我的诗，一种感激的情怀，把自己的心冲撞得不住地颤抖，可是我又确实背不出自己写的诗。

她睁着又圆又亮的眼睛说："作诗，得认真推敲，反复斟酌，这样自然就背出来了，以后写诗的时候，要注意这一点！"也许是为了给我做出示范的缘故，她铿锵有致地背诵着自己在前一年发表的散文《山阴道上》。听着她充满柔情的声音，就像是听门德尔松的《春之歌》那样，觉得回肠荡气，令人神往。

我真钦佩坐在自己对面的这位老师，总是把文学创作看得如此严肃和神圣。正是这样的精神，影响了我在毕生的写作中间，都字斟句酌地去吟味。可惜的是我放弃了诗歌的写作，只写散文和文学批评的论文了，而且也写得很少，简直少得可怜。

我跟她最后一次的晤面，是在 1966 年的暮春季节。她前来北京参加一个文艺方面的会议，约我去看望她。记得我是在那天的清晨，就赶到她住宿的华侨饭店，在她的房间里谈了许久之后，她又要我陪着一起下楼，走到美术馆门外的绿树丛中去散步。那一回见面，我觉得她不像从前那样愉快，话说得很少，声音显得低沉和缓慢。她老是端详着我，一本正经地问我，如果在当时已经显得火药味十足的思想批判运动，再进一步往前发展的话，能不能经得住考验？

我当时真的一点儿都没有预感到，再隔短短的两个月之后，那场令人恐怖和战栗的“文化大革命”，就在整个中国的大地上爆发了。只是整日为那种愈来愈不讲道理，因而觉得自己永远也跟不上去的思想批判运动，感到心烦意乱，惆怅地摇摇头。

“应该经得住一切考验。你上大学时，可能是受到我们这些老师的影响，总也改不掉唯美主义的习气。”她默默地瞧着我，忧郁地笑了。我至今还咀嚼着她说过的这几句话，我终于懂得了，她因为在当时知道更多来自高层的消息，所以不像我那样闭塞和无知，却比较清楚地预感到，那场从未见过也无法抗拒的灾难即将降临，才会如此苛求自己，才会如此语重心长地叮咛我。

我们沿着大街，默默地走了很长的一段路，她终于又高兴地说话了。回忆在斯德哥尔摩参加世界妇女保卫和平大会时，曾跟几位中国代表去外面参观，返回旅馆时忽然迷了路，她嘱咐伙伴们不要慌张，并且仔细地辨认着路途，终于找到了住宿的旅馆。说着这些往事时，她又充满信心地笑了。

骇人听闻的“文化大革命”终于爆发了，在那些充满辱骂和殴打的日子里，有不少性子刚烈的人，因为受不了折磨和蹂躏，走上了自杀的路。我十分担心方老师的安全，她冲破过家庭的羁绊，却无法躲避这时代的狂潮，不知道她的处境和心情究竟怎样了，给她写过几封问候的信，却像石沉大海似的，丝毫也没有回音。大约在 1974 年，她才寄来了一封信，说是已经“解放”了，一切都很好，盼望我能有机会去杭州看望她。她一点儿也没有说起自己吃过的许多苦头，也许是不屑说吧。我深知她思想的高雅，常常做着美丽的梦。她甚至还有洁癖，有一回我在她家里吃饭时，她不小心把一粒虾米掉在地下，赶紧弯着腰到处寻找，说是弄脏了地板，就吃不下饭了，她确实是怕看和怕说不干净的东西。不过从信上的口气感到，她的心情还并不太坏，她总是对未来充满了天真的希望。

在当时的气氛中，我自然是没有机会出差南下的，只好这样断断续续地通着信，好像是到了第三年的夏天，就再也盼不到她的信了。1978 年的初冬时分，我去黄山参加“鲁迅讨论会”，见到来自杭州的老作家黄源，说起她过世的情形，我才知道当自己正等待着她的来信时，她却已经悄悄地离开了人间。那天傍晚，我张望着从山峦背后西沉的一轮红日，沿着松树底下的小路，沿着溪水旁边的小路，飞也似的奔跑着。我不知道自己想干什么，我似乎要忘记那无法忘记的往昔，我怕自己被太多的痛苦所压垮。

每当怀念这位敬爱的老师时，我就拿起她的散文集《信》来，反复地阅读着。虽然在几十年前曾读过这本书，却是愈读愈感到有无穷的韵味。她写得多么清新，多么俊秀，多么蕴藉，多么亲切，多么充满了诗的意境，多么闪烁着聪颖的思索，因此我在多年前撰写《现代六十家散文札记》时，就情不自禁地写成了评论她散文的章节。我希望有更多的年轻朋友，都知道曾经有过一位善良与智慧的妇女，她毕生都热爱着纯洁和高尚的文学，渴望和追求着光明的世界。

《现代六十家散文札记》问世之后，有几位研究散文的朋友告诉我，台湾刚出版了《方令孺散文集》，是梁实秋作的序言。记得方老师曾告诉过我，她跟梁实秋在重庆同事时，有过不少的交往。梁实秋是新月派的著名评论家，又擅长于撰写散文，由他来评说方老师的这些佳作，想必会有很多精辟的见解，因此很想找来看看，却至今还没有找见。后来又听说上海出版了《方令孺散文选》，同样也没有看到过。幸亏手头有一部巴金的《随想录》，我把收录在其中的那篇《怀念方令孺大姐》，读了不知道有多少遍，虽说还未能背诵，却也可以详细地复述它的内容了。

我多么想超越死亡的界线，重新见到方老师的面。我常常幻想着，她似乎还活在另一个缥缈的世界里，依旧在沉思和吟哦着，依旧在回忆着地平线上所有的朋友和学生们，当然也猜到了我对于她的思念。

荒煤，我心中的丰碑

一

好多朋友都关心着荒煤的身体，常常议论和希望他能够跟我们一起迎接 21 世纪的来临，哪里知道突然会传来这个不幸的消息。在万分惊愕和伤痛的思绪中，我的眼前老是浮现出他的身影，禁不住想起了那些永远难忘的日子。

是将近 20 年前的往事了，最初见到荒煤的印象，至今还永远飘荡在自己的脑海中。记得那天早晨上班的时候，在那座低矮和狭长的楼房前面，有一个秃顶的老人，正挺着胸膛，缓缓地迈开脚步，默默地张望着爬在墙壁上的一丛绿叶。突然从他显得很忧郁的眼睛里，闪烁出炯炯的光芒来。映着蓝天里鲜艳的阳光，这像彩虹般晶亮的眼神，使得我心里莫名地颤抖了一下，感到这老人似乎陷入过绝望，却又充满了希望的情怀。

匆匆地走进办公室，听好多同事纷纷扬扬地议论，说是原来的文化部副部长陈荒煤同志，到文学研究所来工作了。这大名鼎鼎的作家，我早就读过他几十年前撰写的小说，也早就知道他曾领导过全国的电影工作，而且还因为《林家铺子》和《早春二月》这些电影被撤了职，“文化大革命”开始时又被投进监狱，真是尝尽了人世的磨难。虽然是这样熟悉的名字，其实却从来也没有见过面，我忽然想起了刚才邂逅的老人，很有把握地猜测他正是大家所议论的对象。

在不久以后召开的一次全所大会上，果然是他默默地坐在大家面前。我几乎要从心里叫喊出来，怎么可能会猜错呢！

他始终是轻轻地说着话，丝毫也不带上抑扬顿挫的声调，就像悄悄流淌的小溪那样，从来都没有轰鸣的波浪，开始听起来感到有点儿吃力，耐心听下去就觉得蕴藏着无穷的味道，因为他反复阐述着要恪守文学艺术的规律办事，否则就会产生巨大的灾难，这种说法深深地吸引着我。

我瞧见他翕动的嘴唇在微微地颤抖，两条眉毛中间竖起的皱纹，也在不住地起伏着，从眼眶里还射出一道悲天悯人的亮光。我深深地感到他这番话语的分量，而且也强烈地觉得有一股亲切的力量，鼓舞和激励自己应该努力去治学。过去那种批判和斗争的氛围将会消失，现在是充分发挥潜力去从事学术建设的时候了。不过我长期以来都是生活在最底层的人，说起话来一不小心就会受到指责和批判，因此很怕跟身居领导职务的人士接触，只是在心里暗暗地同情他的遭遇与钦佩他的人品，却从来也没有勇气想去跟他交谈。

话说从沙汀和荒煤这两位著名的前辈作家，被调来文学研究所主持工作之后，他们一心扑在公务中间，不知疲倦地规划着许多研究课题任务，谆谆地嘱咐大家要开创文学研究的新局面。许多同事都齐心协力和摩拳擦掌地想大干一番事业，好弥补过去荒废了的多少光阴，当时真是充满了一片百废待兴和欣欣向荣的气氛。我也被调到了新成立的鲁迅研究室，正夜以继日地赶写着计划中的研究项目，觉得几十年来都没有像这样兴奋和欢乐过。在查阅资料和埋头写作的过程中，生活的节奏显得分外紧张，时间像流水似的迅速消逝了。

我在多次参加所内的会议时，常常跟荒煤碰面，却从未单独在一起说过话。大概是度过了将近一年之后，他有一回在走廊里瞧见我，约我去他的办公室谈话。当我静静地坐在他对面，默默地瞧着他时，他也默默地张望着我。

从窗外刮进来一阵温馨的微风，吹动了他桌上的纸片，他这才像是从梦中惊醒过来，低声细语地问我，“为了明年的鲁迅诞辰 100 周年纪念，你们考虑过没有还应该做一些什么工作？”

“除了已经上报的三部学术专著之外，还发动大家多写一些论文，针对当前存在的问题发表意见，着眼于提高鲁迅研究的学术水准，这样来发挥我们鲁迅研究室的作用，大家都有信心去完成。”我也像他这样慢条斯理地说着。

“你们没有想到过其他的工作吗？”他默默地望着我，然后就和蔼地笑了。

我无法回答他这突然的询问，摇了摇头说：“还没有。”

“应该赶写一部言简意赅的鲁迅传，让更多的人准确地了解鲁迅。这既是最有意义的纪念，也是拨乱反正的重要工作啊！”

这个主意实在太好了，我在好多年前就想到过撰写《鲁迅传》的事情，还认认真真地钻研过罗曼·罗兰的《贝多芬传》，挥舞着红笔在自己的这本书上圈圈点点，想从里面学到一点儿写作的窍门，怎么这一回制订研究计划时却忘记了呢？并不是忘记了，却感到这是一桩相当艰巨的攻坚战，得放在以后再考虑去进行，于是有点儿犹豫地说道：“怕不容易写好。”

荒煤拉开办公桌的抽屉，拿出几本书来，轻轻地握在自己手里，默默地瞧着我说，“我找来了你写的文章，认真地看了看，觉得你应该能写好它。时间很紧了，回去研究一下，几个同志合作撰写也可以，好好研究一下就决定下来。”

除开荒煤之外，从来还没有哪一位领导者，是在阅读了我的著作之后，再布置和指点我去从事研究工作的。我的心激动地跳荡起来，多么想冒出一句感谢的话儿，可是他不动声色地翻开面前的一叠卷宗，好像急着要处理另外的事情了，我只好把这句藏着千斤分量的话儿压在心里。更何况他根本就没有想到过要别人来感谢，却只是为了完成自己分内的工作。然而他对于我衷心信任和期望的这句话儿“你应该能写好它”，显示了他多么善良和崇高的情怀，将成为熊熊燃烧的火炬，永不熄灭地照亮我的心灵。我肯定会永远记住他如此热情的鼓励，虽然长年练习的写作，至今还并未做得使自己满意。

二

从 1981 年夏天开始，纪念鲁迅诞辰 100 周年的准备工作，就一天天地紧张起来。荒煤是这个纪念委员会的秘书长，工作的头绪相当纷繁，首先是筹划有上万人参加的纪念大会，全国的著名作家都会前来北京，聆听当时的总书记胡耀邦讲演，真是事关重大啊。对于我参加的学术组这一摊事务，他也经常来过问和指导。想开好一个有全国上百位著名学者参加的研讨会，也实在是谈何容易的事情。就在人们纷纷前来报到，会议即将开幕的前夕，他终于劳累得病倒了。我前往首都医院向他汇报工作时，瞧见有几位电影和文学界的朋友正围坐在床边，倾听着他说话。

他跟我握了握手，依旧滔滔不绝地继续往下说去，发表着对电影《伤逝》和话剧《阿 Q 正传》的看法。我瞧着他消瘦的面颊和额头上深深的皱纹，瞧着他异常憔悴的脸色，惊讶于他躺在病房里，怎么还能这样不顾一切地工作？我真想阻止他说话，然而我有这样做的权利吗？瞧着那几位朋友正用心地往本子上记录，我忽然想起从前那几部精彩的影片里面，不正是包含着他呕心沥血的才华吗？我如果阻止他说话，难道不是对艺术事业的茁壮成长，作出一种犯罪的行径吗？然而像这样不能挺身而出去阻止他，那么他患病的身体又怎么可能痊愈呢？面对着这位充满了献身精神的殉道者，我心里翻腾着一种痛苦而又崇敬的感情，暗暗地向自己发誓，毕生都要努力地工作，才不会辜负他的言传身教。如果已经有了一种崇高和圣洁的光芒照射过自己，却依旧浑浑噩噩和随波逐流地苟活下去，这不是太可怜和可耻了吗？

当我正想得出神时，荒煤轻轻地招呼我走到他床前，询问着宾馆里对于食宿方面的生活安排，是不是都做得很妥善？嘱咐我务必转告全体工作人员，一定要尊敬和团结所有的作家与学者，说是只有分外地尊重和发挥知识的作用，国家才会有前进的希望。从这件细小的工作中，我也强烈地领会到了他宽厚和广博的胸怀。他像这样诲人不倦地启发和教导过多少后辈，他也许不会记得自己所有说过的话了，然而接受过他殷切教诲的人们，如果忘记了这些动人心弦的情景，不去追求这种人生的境界，那不是在自暴自弃地浪掷生命吗？

不久以后，荒煤又奉命回到文化部去工作了，回忆着往昔几年令人神往的岁月，真感到有些怅然若失。我跟他并无更多的交往，还由于在我们之间年龄和地位的悬殊，几乎从来没有过私人之间的谈心。然而他燃烧和发光的生命，他出自内心地关切着所有人们的情怀，始终使我感到无比的亲切。我常常想去看望他，却又知道他的工作十分忙碌，因为他关心着整个中国的文学事业，要阅读数不清的作品，然后给这些作家们详尽地提出自己的意见来，怎么能平白无故地去打扰他呢？

有一回我下了决心，匆匆地前往他家里，准备好了坐一会儿就走。在那间朝向马路的屋子里，坐着好几位年轻的作者，正说得十分热闹。有个器宇轩昂的朋友，很气愤地诅咒着人人憎恨的贪官污吏，说是要让他们早些死亡。

“应该大家共同来努力，有效地采取道德的裁判，有效地进行法律的惩处，仅仅是停留在烦恼和愤懑中间，那就远远地不够了。”荒煤依旧是轻轻地诉说着自己的看法。

我斜靠在沙发上，倾听着他娓娓动人的谈话，感到了一种智慧的理性在闪光，禁不住在心里盘问自己，为什么他对于许多社会的问题，都能够发表自己独特的意见？我的思想不断地飞腾起来，怎么就想到了希腊的神话，想到了那个普罗米修斯的故事……

回到了家里，我继续揣摩着荒煤非凡的思索能力，总是因为他人生的阅历异常丰富，又有着广博的知识，这两者相互印证起来，就能够涌现出许多深邃的真知灼见，再加上他孜孜不倦地勤于钻研，多少难题当然会在他面前迎刃而解了。我真想提出许许多多的问题向他请教，正好在不久之后，自己的一本游记选将要出版，于是又拿起一叠剪报去找他了。

他仔细地翻阅着剪报，摇着头笑道：“我是个从来不写游记的俗人，能发表什么意见呢？”

“你不管发表什么意见，都会对我有启发的。”我诚心诚意地笑了起来。

他瞧着我笑得好欢畅，也嘿嘿地笑了，“这不是逼上梁山吗？”

没过几天，在一个阳光明媚的午后，荒煤突然找到我家里来了，气喘吁吁地坐在椅子上，举起手来轻轻拍打我儿子的肩膀，高高兴兴地跟肖凤说道："孩子长得这么英俊，真是青出于蓝啊！"接着又关心地询问她正在撰写什么传记作品。闲谈了一番之后，他才从书包里拿出一沓剪报来，将夹在里面的序言递给了我。

在匆匆告别时，他还回过头来打量着这间狭小的屋子，眺望着书柜顶上堆积如山的典籍，皱着眉头像是自言自语地说道："书太多了，太拥挤了！"

我瞧着他忧郁的眼光在凝重地张望我，多么像一阵飞驰的流星，撞击着我厚厚的胸膛，深深地感觉到他总是关怀别人的一切。我一直送他坐上了汽车才回到家里，赶紧翻开他的序言阅读起来。他对于游记的能够开阔视野、沟通心灵和提高境界，阐述得多么的精辟。这篇序言在《光明日报》上发表之后，我听到好多朋友说起，读完以后受到很多的启发。

如果永远能够聆听他说话，永远能够阅读他的文章，永远能够受到他的启迪，这是多么的幸福啊！因此我常常幻想着，荒煤一定会健康长寿，一个善良和高尚的人，永远地活着有多好。

记得山东省的东营市在那一回举办笔会时，东道主委托我邀请荒煤参加，他很高兴地答应了下来，却拒绝开小轿车来接他，宁愿跟我们十几个同行的伙伴，一起搭乘面包车前往。快80岁的人了，一心一意地跟我们同甘共苦，真使我觉得又崇敬又心疼，又兴奋又难过。一路颠簸到达了目的地，他还兴致勃勃地要大家陪着去观看开采石油的井架。

有一天清晨，当地的市委书记搀扶着他乘上了轮船，大家直往黄河入海的地方驶去。船舷底下是汩汩流淌的波涛，船舱顶上又卷起阵阵的狂风，我瞧着荒煤直挺挺地站立在栏杆旁边，挥着手臂跟人们说话，眼睛里闪烁着欢乐的光芒，多么的神采奕奕，再也瞧不见丝毫忧郁的神色了。我深信他肯定会跟人们在一起迎接 21 世纪的来临。

哪里知道灾祸会这么迅捷地降临。虽说是“人生七十古来稀”，何况还远远地超越了这个期限，本来可以昂起头颅，用最虔诚的敬礼为他送行，却总是抑制不住眼眶里的泪水，抑制不住悲哀和痛苦的呻吟，因为他实在太善良和高尚了，实在舍不得他离去；不过他虽说是离开了大家，却永远在我们心里矗立起一座高大的纪念碑。只要是接触过他的人，就一定会在心里竖起这样的碑石。让我们都面对着自己心中的丰碑，也发誓要像荒煤那样，使自己的生命过得更充实、更美丽和更有意义。

回忆陈翔鹤

一

这是 30 年前的往事了。记得每逢傍晚下班时，陈翔鹤常常不急着赶回家去，他不是戴着老花眼镜，在灯光底下翻阅和查找发黄的线装书，就是在窗下逡巡着，歪着头，眯着眼，拾掇和浇灌自己心爱的十多盆兰花。

我赶往食堂，匆匆吃完一碗炒白菜和两个窝头，就走回自己的办公室。经过他敞开的门口时，总会停下脚步，瞅着他瘦小的身影，在幽暗的灯光里晃动。我几乎都是例行公事似的问道："翔老，还不回家？"接着是照例的寒暄，说几句当时的见闻，然后转过身子回到自己的办公室。当几位同事下班离去之后，这儿就成了我的天堂，夜夜都在这儿读书和聆听音乐，度过了多少单调、寒伧而又丰盈和深沉的时光，直到半夜才回寝室里去蒙头大睡。

我正打开唱机，放上柴可夫斯基的《b 小调第一钢琴协奏曲》。这张密纹唱片是中午才从王府井买回来的，想痛痛快快地听它几遍。这璀璨的旋律，像是吹拂着一阵和煦的春风，无限深情地鼓舞着我的心灵。当这令人回肠荡气的主题，刚使我充满了一种渴望与追求的思绪时，突然响起一阵轻轻的敲门声。

是翔老吧？我赶快打开门，果然是他，只见他身上的中山装，穿得整整齐齐的，手里捏住一个方方的布袋，眼神很诙谐地打量着我，不紧不慢地说道："跟你聊几句，欢迎吗？"

"太欢迎您了！"我赶紧扶着他坐在藤椅上，大声地叫喊着。我确实从心坎里喜爱这位直爽而又风趣的老人。他像一个天真无邪的儿童，无论心里有什么奇异的念头，也都会坦诚地表露出来。他对我们这些年轻的同事，也常常嘘寒问暖。他当然也有讲究原则性的一面，因为他毕竟是20世纪40年代的老党员，总得想到注意当时强调的种种原则，克服自己身上太多的人情味。

他询问我，最近在读些什么书。还没有等我回答，他就高高兴兴地嘟囔着："你看书很多，记性也好，是得趁着自己年轻，好好用功读书。"他从我随便翻阅的那堆书籍中，找出了一本爱伦堡的《人·岁月·生活》，好像是有点儿生气似的责问："干吗看这书？"

当时全国都在批判赫鲁晓夫，有多少文件义愤地谴责他的"修正主义"。从当时规范化的眼光来看，社会主义社会是不可能有缺点的，赫鲁晓夫批评斯大林，当然就合乎逻辑地成了坏蛋。而爱伦堡的这本书，暴露了斯大林时期的不少阴暗面，当然也是十足的修正主义了。如果有些经常批判我"白专道路"的同事，要向我问起的时候，我肯定会痛快淋漓地冒出这一句假话："为了彻底地批判它！”不过对于这位总是用善意对待我的老人，我就绝对不允许自己扯谎，因为阅读它的动机，绝不是为了批判。我已经从接触到的许多材料中，深深地感到在那片冻土上，曾经发生过许多残酷的事情，所以想尽量多阅读一点儿材料，重新思考它那一段艰苦的历程。然而在当时那种很严肃地批判修正主义的氛围中间，我又不能将内心的这种愿望，毫无隐瞒地告诉他，只好轻描淡写地说道："我想，多了解一点苏联的情况！"

"了解苏联的情况，也不能通过这样的书，得学习中央下达的文件。"他眯着眼，鼓着嘴，好像还没有消气似的。

我知道他刚参加过高级干部学习班，总是领会和掌握了不少新的精神，诚心诚意地想开导我。还没有容得我吭声，他就指着唱机里正在倾泻出来的那股声音，想跟我说话，我却只管低头倾听这迷人的乐曲，分明是一种热情澎湃的召唤，在激励着忧伤和惶惑的人们，必须充满信心地生活下去。他皱着眉头，摇摇头说道："要多接触我们自己的革命文艺，人家批评你只专不红，你是得好好注意，只要解决了这个问题，我相信你会成为一个很有造诣的学者。"他伸出短小的双臂，紧紧压在我的肩头，显出了对我的期望和信任。由于恪守组织性和纪律性的缘故，他虽然也不能不遵守支部书记批判过我的调子，却诚恳地盼望着我好，我似乎感到了他这颗真挚和热忱的心，正在激烈地跳荡。

人真是太复杂和奇怪了，我虽然很钦佩他的革命性，却不懂得为什么像他这样经历了"五四"洗礼的老人，20年代就成为著名的小说家，后来又接触过不少人海的波涛，真是白云苍狗，变幻无穷，有了如此丰富的经验，他的思想怎么会比我还简单呢？不过他确实是为了我好，才这样劝导我的。从他悲天悯人的眼光里，似乎透出了一种识破天机的精神，这就是绝对不能违拗当时那股愈来愈“左”的社会思潮，否则将会坠入危险的深渊，大吃苦头的。

对于这一点，我自然也隐约地预感到了，因此就不再固执地引用革命导师列宁教诲的这个道理：“只有用人类创造的全部知识财富来丰富自己的头脑，才能成为共产主义者”，跟他进行辩论了。

他以为自己已经用刚领会的文件精神，有力地说服了我，开怀大笑，站起来走了。我送他到门外，瞧着他矮小瘦削的背影，消失在黑黝黝的走廊里。

二

几天之后的又一个夜晚，我刚正襟危坐地伏在桌上，开始撰写计划中的《鲁迅小说艺术谈》时，陈翔鹤蹑手蹑脚地走了进来，从布袋里摸出一本刚印成的《人民文学》，摆在我面前的台灯底下，压抑不住内心的喜悦，却又显得很谦逊地说：“我刚发表了一篇小说《陶渊明写挽歌》，你给我提提意见。”

我已经在白天读完了这篇小说，而且说心里话，也并不是十分喜欢。它叙述陶渊明对于人世的忧伤和那种追求超脱的生死观，似乎是过于淡雅了，很难去拨动许多读者绷得太紧的感情之弦。人类在20世纪所经历的灾难实在太巨大了，为什么他们取得了比中世纪远为发达的高度文明时，所遭受的厄运却来得比祖先们更为凄惨呢？更为残酷的暴政，更为骇人听闻的虐杀，使无数的人们直不起腰来，不敢自由地表达内心的意志。多少严刑拷打和肆意屠戮的牢狱，多少施放毒气和焚烧尸骨的法西斯集中营，更在摧毁着人们的生命。喜欢思考的人们，肯定会把自己的精力，都集中在这些方面。我就常常思考这些跟20世纪人类命运有着密切关系的问题，常常翻阅与此有关的书籍，因此在不久之后引起了有些批评家叫好的《陶渊明写挽歌》，当然也无法引起自己的兴趣了。

我无法将这些尚未理清头绪的想法，有条有理地告诉他，可是我又养成了一定要跟他说真话的信念，因此在沉吟片刻之后，就坦率地说道："我已经读过了，觉得并不是太喜欢。陶渊明内心的痛苦，陶渊明那种淡薄的生死观，好像写得太雅致了，不太能触动很多读者的情感。不像读你20年代的成名作《西风吹到了枕边》，写出一个知识青年深沉的苦闷，真是太令人感动了。"

"亏你还读了不少魏晋的文章，怎么对这样的情怀还掌握不透！"他摇晃着脑袋，带了点儿傲气地笑着。

"我对魏晋思想哪儿说得上有多少研究，不过小说毕竟是写给大家看的，而不是为了写给少数几个学者去研究。”我心悦诚服地接受他的批评，却也辩解了几句。

他扑哧一声笑了：“你总是有理。走，去东单喝酒！”看来我这些也许是肤浅的意见，并没有让他扫兴，这位心胸宽厚的老人，要和我一起举杯畅饮，庆祝这篇小说的问世。

在初冬的夜风里，我拉着他的胳膊，匆匆走向东单那个小有名气的四川菜馆。推开玻璃门，穿过几张围满了顾客的桌子，登上狭窄的木板楼梯，拐了个弯儿，走进楼上的餐厅。我们挑了一张摆在角落里的小桌子，坐在这儿正好能瞧见从楼梯口走进来的顾客。

陈翔鹤一边点菜要酒，一边跟我搭讪着说：“艺术家时刻都要揣摩人生。现在我们就得开始注意，从这楼道里走进来的每一个客人，看他的眼神和穿着，我们都来猜一猜，他是做什么工作的？他喜爱和憎恶什么？他会做什么样的梦？”

我们正斟酒对饮时，一个苗条而又潇洒的女子悄悄走了进来。她的脚步是那样轻盈，她的仪态却是那样端庄，又长又黑的睫毛，遮掩着她明亮的眼睛。她挑了个没有客人的座位，低头坐在那儿，细声细气地跟服务员说话点菜。

“你猜得出来她是干什么的？你能替她编一个合情合理的故事吗？”陈翔鹤缓缓地喝着酒，在沉思似的说着。

“可以假设她是一位婀娜多姿的舞蹈家，也可以假设她是一位聪颖智慧的大学教师。正因为她处处都有自己的思想见解，她就必然会显得不合时宜，而且跟现实的距离会愈来愈遥远，她的内心世界也就会变得十分的痛苦。”我随心所欲地瞎扯了一通。

“哲人就是痛苦的，我写陶渊明，正是想写出哲人的痛苦。”陈翔鹤说的这几句话，像是从心里汩汩地流淌出来似的，不过这似乎又多少有点儿离开当时所规定的那种原则性，因为根据当时报纸上所宣传的基调，革命者决不应该也绝对不会陷入痛苦中间。尽管他常常用当时认定的那种革命原则性，防范和禁锢自己从事创造性的思考，却也无法彻底地消灭内心中充满生命力的见解，这样他才会去写《陶渊明写挽歌》，也才会造成后来的悲剧吧？

三

在 20 世纪 60 年代中期，只要打开收音机，或者翻开报刊和杂志，就会觉得鼓吹阶级斗争的呐喊声，日日夜夜都在惊天动地般袭来。整个生活气氛变得很严酷和冷冽，机关里忙着开会，学文件，谈思想，批判各种错误的文学主张。作为《文学遗产》主编的陈翔鹤，自然更忙于把关审稿，千万不能发表什么“毒草”啊，责任可太重大了。我又常常被自己所在的《文学评论》编辑部，派遣到穷乡僻壤去劳动锻炼，这样我们见面和说话的机会就更少了。而且在这种风声鹤唳的氛围中，人人都害怕受到无休无止的严厉批判，自然更难于进行敞开心扉的交谈，这样就匆匆打发了好几载紧张而又乏味的岁月。

记得在 1964 年的秋天，办公室里有个同事奉命去北京展览馆剧场，听康生向文艺界人士所作的一个报告。她听完回来后，有声有色地学着康生一边训话，一边发脾气拍桌子的模样。说是康生把许多报刊丢在话筒前面的长条桌子上，斥责这是坏作品，那是坏作品，还凶神恶煞似的痛骂了不少文学艺术家。

我听了之后，心里觉得分外的反感，怎么能这样横蛮地对待别人呢？这不是一副十足的恶霸嘴脸吗？我顿时想起几年前听过一回康生的录音讲话，他那时还说得多么兴高采烈，要观摩京剧《花田错》中几段露骨的色情戏。像这样左右逢源，见风使舵，不是契诃夫笔下的变色龙，又是什么呢？

还记得陈翔鹤曾悄悄地告诉过我，康生用化名在《文学遗产》上发表了两篇短文。我先是在报纸上看到了，因为觉得立意虽很平庸，口气却是如此的乖戾而又高傲，似乎颇有来头，才向他打听作者究竟是谁。他很神秘地说出真相之后，并不告诉我这文章究竟是怎么约来的，还再三叮嘱我千万不要告诉旁人。看来似乎是康生尽力要造成这种神秘的气氛，因为陈翔鹤是异常坦诚的人，如果不是受到再三嘱咐，绝对不会装出这种异常神秘的模样。那么为什么像康生这样身居高位的大官，要表现得如此的诡谲呢？

尽管我对康生那番当众的训斥十分反感，却也绝对不敢发表任何浅薄的见解。我深知如果对这样的大官稍有非议，一场横祸将会从天而降。我只是因为想执拗地坚持一些浅薄的见解，才引起了几位顶头上司的指责，老挨批判的厄运才始终笼罩于头顶，怎么还敢去闯这样危险的虎口呢？如果我还想平平安安地苟活下去，不再遭受更大的灾难，就得压抑住自己鲁莽的性情，沉默地去打发日子。

康生这个辱骂了不少文学艺术家的报告，不久之后就正式传达了，还学习和领会了好长的日子。在这一阵阵吹得很猛烈的飓风中间，《文学评论》编辑部接到了上峰的通知，要发表文章批判陈翔鹤的小说。忘掉是谁出的主意，约请著名的古典文学研究家余冠英撰写这篇文章。我有机会阅读过他的原稿，分外欣赏这通篇都是隽秀的蝇头小楷。余冠英在 20 世纪 30 年代曾写过不少清新俊逸的散文，文章保持了那种流畅和洒脱的风格，批判的调子却相当高亢，说是“充满了阴暗消极的情绪，宣扬了灰色的人生观”“只能听到没落阶级的哀鸣和梦呓”，比起当时很流行的“反党反社会主义”的用语，自然也还显得轻松一点儿，不过仔细一想，也真会使陈翔鹤大吃一惊，感到左右为难的。难道能让陶渊明也跟我们一起来讴歌“三面红旗”吗？

这篇题名为《一篇有害的小说：〈陶渊明写挽歌〉》的批判文章，在 1965 年头一期的《文学评论》发表后不久，刊物的主编何其芳忽然兴冲冲地跑到办公室来，喜笑颜开地告诉大家，周扬在昨天给他打了电话，说是余冠英的文章写得好，文风也值得学习，替老一辈学者撰写批判文章起了带头作用，因此建议有关的报纸转载。等何其芳走后，我打开刚送来的《光明日报》，就发现了这篇文章，记得还是用很显著的版面刊登的。

在这篇文章结尾的地方，显得很有礼貌地询问陈翔鹤，请他思考究竟“迎合了什么人的口味”，表现出似乎是一种平等的对话，看来从余冠英直到周扬，都希望批判文章尽量写得合情合理，具有科学性和说服力，能够让被批判者也心悦诚服和毫无精神压力地同意这种结论。这种愿望确实是善良的，然而经历了后来“文革”的这场浩劫，我才彻底地明白了，此种天真幼稚的想法肯定无法实现。

从那个时候开始，陈翔鹤下班后就早早地回家，我找不到跟他聊天的机会了。有一回在走廊里，我们两人迎面相逢，我向他鞠了个躬。他紧紧地握住我的手，很有信心似的说：“我正在清理自己的思想，会跟上这个时代前进的。”

我捏住了他的手掌，说不出一句话来，真不知道自己是深深地同情他，抑或还要鼓励他这样去做。其实他是不可能跟上当时那种社会潮流“前进”的，甚至连周扬也无法最终跟上这样的潮流。正因为如此，不仅是他，还有从余冠英到何其芳和周扬，也都在震动了全国的“文革”中，成为应该被彻底打倒在地，还要“踩上一只脚”的“反革命修正主义分子”。他们勉强能够接受的这种批判方式，在“文革”中也成了“假批判，真包庇”的所谓“阴谋”。历史正是沿着这条愈走愈荒谬的路，跌入了灾难的深渊。

成千上万个像我这样的人，虽然无法在当时就洞察这凶险和恶浊的浪涛，却也多少看出了荒唐的苗头，但是问题在于我们都不敢开口说出这一切，我们都害怕自己会遭受毁灭性的打击。为了追求达到一种安全的境地，我们还从内心深处检查自己思想的差距，想恭恭敬敬地跟着这个潮流走下去。于是我们无法阻挡“文革”的爆发，我们真像是庄子笔下的鸠鸟那样，在狂暴的大风中不住地颤抖。

四

1966年夏天，“文革”的风暴刮得天昏地黑，人们都有点儿晕头转向，觉得一切都紊乱了。虽说曾有过“反右”和“反右倾”这样的政治运动，伤害了不少善良和无辜的人们，然而比起这一回的“文革”来，简直只能够算是一阵轻微的风儿了。这风暴不知道怎么就突然刮起来了。不是说中国的工作效率很低，几年都办不成一件事儿吗？然而这破坏一切的风暴，实在是迅猛得太惊人了，至今回想起来依旧是个难解的谜。怎么能在某一个早晨，偌大的北京城里，多少机关的什么长官，多少大学的什么专家，一律都戴上纸扎的高帽，不是跪在地下挨打，就是敲锣打鼓地游街。多少有自尊心的人，多少性子刚烈的人，自然受不了这无休无止的凌辱和蹂躏，于是都纷纷走上了自杀之路。

这种可悲的阶级斗争，立即流传和推广到了全国各地。从通都大邑直至穷乡僻壤，多少人似乎都疯癫了，四通八达的火车上挤满了千千万万个“红卫兵”，他们是去“革命串联”和“揪斗黑帮”的。在我们这个不满200人的机关里，以何其芳为首的“黑帮”，竟多达30余人。

说起“揪斗黑帮”来，真让人胆战心惊。在“造反派”和“红卫兵”召集的会议上，当有人突然受到莫名其妙的厉声斥责时，几个“红卫兵”立即会大喝一声，替他戴上高帽，从此就推入“黑帮”行列。每当我瞧着这晴天霹雳似的场面，顿时就想起自己多年来被指责为白专道路的罪过，真有点兔死狐悲之感，心里不禁怦怦地跳起来，害怕也会被戴上纸糊的高帽。又过了几天，刚夺完何其芳权力的“造反派”，似乎并无扩大战果的迹象，于是我就又放心地苟活下去了。

且说被“造反派”定为“黑帮”的这些同事，都奉命集合在一间很大的阁楼里，整天书写交代材料。除了召开批判或斗争大会，规定他们参加之外，平时就跟大家完全隔离了，因此我很少有见到陈翔鹤的机会。有一回在批判会上，只见他睁着眼，弯着腰，站在何其芳的身旁。

有个“造反派”突然命令他回答，《陶渊明写挽歌》是不是影射和攻击庐山会议？还责问他为什么用笔下那个傲慢的慧远和尚，恶毒地攻击伟大领袖？

陈翔鹤倔强地摇摇头说：“我写小说时还不知道有庐山会议，这小说跟庐山会议毫无关系。对伟大领袖我一向都是衷心热爱的！”

“不许狡辩，打倒恶毒攻击伟大领袖的陈翔鹤！”一个年轻气盛的“造反派”愤怒地喊着口号，快步奔向前去，狠命拍打他头上的纸帽，纸帽倾斜着挂在他的头顶，他赶紧伸手护住纸帽，怕它掉下来，就又会是犯了滔天大罪。

我远远地瞧见他依旧瞪着眼，歪着嘴角，伤心地摇了摇头。我深知这位孤傲的老人，正强忍着内心的悲痛。

过了好多天，他这一双直得发愣的眼睛，还依旧在我脑海里闪烁着。我很担心他瘦弱的身躯和自尊感极强的内心，能不能经得住这样残酷的折腾。

有一天，我去开水房打水，瞧见他也刚往暖瓶里灌水。一个满脸胡茬的烧水工人，很严厉地瞪着他。这老工人在“文革”前总是挺和气的，这时却显得相当凶狠。我亲眼见过他津津有味地审问“黑帮”，然后就挥起铲子敲打起来，真不懂他从这残忍的游戏中，能够获得什么样的欢乐。

这老工人开始审问陈翔鹤了：“你犯了什么罪？”

“我没有犯罪！”陈翔鹤昂着头回答。他说的是真话，从近代法律观念的角度来说，他确实没有犯罪，因为他丝毫也没有损害过任何人的财产和生命安全，可是像这样回答问题，在“文革”中肯定会被当成是“狡辩”的。

这老工人果然恶狠狠地叱骂起来：“这‘黑帮’没有一个是好东西，谁也不会老实交代，这就叫作阶级斗争啊！你要没有犯罪，怎么成了‘黑帮’呢？”根据“文章”中那种荒谬的逻辑，他确实说得让陈翔鹤无法回答。

眼看这老工人要拿起铲子动武，我赶紧扯着嗓子大喝一声：“还不快回去，等着你的交代材料呐！”我很少这样大声叫喊，这一回的情急智生，真像是鬼使神差似的。

1968 年，“工宣队”和“军宣队”进驻我们的机关，把所有被“造反派”定为“黑帮”的同事，都混合编入“革命群众”的班排中，这样我又有机会跟陈翔鹤随便聊天了。他还提起我那回打开水时，恶狠狠地叱骂他的那场喜剧，轻轻拍着我肩膀说：“我早就知道你这个机灵鬼，忘不掉老朋友的。”说了这几句闲话，他又为《陶渊明写挽歌》苦恼起来，说是绝对不会影射伟大的领袖，还担心这停顿和荒废了多少年工作的“文革”，不知道有没有结束的时候。

第二年春天，陈翔鹤在从家里前来办公室的路上，突然昏倒在公共汽车站旁边。送到医院后，没过几天就病故了。也许在他临终之前，还为这篇小说发愁吧，正是这种深重的精神压力摧垮了他。

我从心里痛恨这种折磨和蹂躏人们灵魂的“文革”，看不出生活里有任何希望的光芒，因此充满了一种惆怅和绝望的情绪。我怀疑这样活下去究竟有多大的意义，常常盼望着最好能有一种平静的死亡赶快降临。陶渊明所憧憬的“死去何所道，托体同山阿”，比起陈翔鹤在无穷忧虑中的病逝来，不是要自在得多了吗?

今天当我再想起陈翔鹤时，跟“文革”中的那种心情就很不一样了，在惋惜那严寒和冰霜的煎熬，终于摧毁了他病弱的身体时，却又从极端恐惧的死海里，凝聚成了一种无畏的情绪，深深地相信人们像海潮般汹涌的意志，必将会永远结束“文革”那段荒谬的历史，而跨出艰难和充满勇气的步伐，走向更为美好的明天。

秋日访冰心

我居住的地方，离冰心家很近，信步走去，不消半个时辰准能抵达，然而我已有好几年没有拜访她老人家了。这么大的年岁，应该时刻都处于宁静的氛围中，更何况她还在坚持写作，还在思索着祖国与民族的未来前景。时间对于这位 90 高龄的老人来说，真像黄金似的珍贵，怎么能忍心无端地打扰她呢？因此，我虽然常常想起这位散文泰斗的音容笑貌，想起她晶莹剔透的文思，却不再奢望去聆听她的謦欬了。已经有过的好几次对话，早就成为我精神世界中的一宗财富。

记得是 1985 年举办的“醉翁亭散文节”，曾请冰心题写了这几个字。在开会时，在攀登琅琊山时，多少散文家的胸前，都嵌上这块小巧玲珑的会徽。大家观赏着冰心隽秀而又苍劲的字迹，几乎都从心里涌出了洋洋得意的笑容。我至今还保存着这块会徽，常常拿在手里摩挲一番，感到有一种莫大的慰藉和鼓舞。今年夏天，我开始编选和结集自己在这几年中间发表过的文字，当然就很想得到冰心题写书名的墨宝。于是跟夫人肖凤商量，她觉得这是个极有意义的纪念，认为冰心一定会慷慨挥毫的，果然老人很欣然地答应了。肖凤放下电话，就摊开稿纸，整整齐齐地写上了几个书名，我也赶紧找出裁好的宣纸，完成了所有的准备工作。

正在这时，台湾的散文家郭枫从南京飞来，跟我们欢聚之际，说起要拜访冰心的事，并且拿出了向冰心发问的提纲，想把这拟访中的对话，披露于他在台北主办的《新地》文学月刊上。还是由肖凤打电话相商，又同意了我们一起前往。于是在一个阳光明媚的秋天，我们轻轻走进了冰心的书房。她坐在书桌旁边的转椅上，向我们微笑致意，还招呼看护她的一位大姐，给我们泡茶，夸这香片茶有一股扑鼻的清香之气。

肖凤站在鞠躬致敬的郭枫身旁，向老人作了介绍。老人慈祥地指着面前的圈椅，招呼他坐下来。

肖凤接着又介绍我说："林非来向您致敬。"

冰心仰起头来，装出生气的模样说："我知道！"她扭过脖子，撅着嘴笑了，笑得像个顽皮的小姑娘。她当然会记得《冰心传》的作者肖凤，这样也就连带地记住了我，我是她记忆之树上一簇细小的枝叶。

为了不让老人过于劳累，我们在途中就商量定了，不多说一句废话，开门见山，节省时间。于是我捧上自己刚出版的回忆录《读书心态录》，送给她留作纪念。她高兴地翻开书本，不用戴眼镜就看得清清楚楚，顷刻间又合拢书本，天真地笑了起来，很神往地说道："我年轻时先看的《三国》，你也是先看的《三国》。”

她清脆的话音刚落，我又双手递上宣纸，还把肖凤写的底稿铺在书桌上。冰心吩咐那位大姐摆好砚台，就伸手紧紧握住毛笔，很刚劲地蘸着墨汁，挥毫疾书起来，真是笔走龙蛇，顷刻间写成了“散文论”这三个潇洒的行书。

当她瞧着肖凤草写的“散文的使命”这几个字，往宣纸上落笔时，抿着小小的嘴，风趣地说：“散文的使命？这就难说了，我说不出来。”

我心里想，老人实在太谦逊了，怎么会说不出来，因为她毕生的散文创作，早已出色地回答了这个问题，她始终是在召唤读者追求真，追求善，追求美，而且愈是写到了晚年，竟愈是关怀祖国和民族的命运，愈是渴望着建设一种更为健康和合理的新文化。

当她写到“云游随笔”这四个字时，又抬头问我：“到哪里去云游了？”

“在祖国的大地上云游。”我笼统地回答着，不去讲那些烦琐的细节，叙述如何在报纸上连载，以及怎样联系出版社付印的情况。而且还得赶紧让位于贤，提醒郭枫开始跟老人对话。

瞅着郭枫写在稿纸上的几个问题，冰心很爽朗地说了起来：“下个月初，在福州有个讨论我作品的会，希望他们不要把我放大，而要挑出缺点和不足，好当作后人的经验和教训。我一贯主张写作必须真诚，不能为写作而写作，要有迸涌的感情，才动笔去写。三言两语能表达的，就不写许多不必要的话；当然如果有很多的感情，想短也不行。我在上海的《文汇报》开了个‘想到就写’的专栏，越写越短了，不写废话，也不写风花雪月。”

听着冰心的话，我正思考在她的写作中间，可以说是充满了一种严肃和崇高的社会使命感时，郭枫又向她提出了关于当前新诗创作的问题。

“真不敢说当前的新诗，看得太少了。”冰心掉转话头说，“我历来信服‘不薄今人爱古人’的话儿。新诗不管多好，总是背不下来，连我自己写的，也背不下来，旧诗却很好背。”

冰心的这些话儿，立即使我想起鲁迅“押大致相近的韵”“容易记”和“唱得出来”的主张。他们这些很相似的见解，恰巧是抓住了“五四”之后新诗创作的缺陷。文学大师的眼光总是如此犀利地切中要害，虽然从表面上看来，他们的话儿都说得很朴素，而且似乎还含着浓厚的古典主义味道。

当郭枫询问她如何估价当前的散文创作时，她很从容地说：“散文最能够表现作家的性格，对读者来说，和自己相似，或者能够引起共鸣的，就更容易欣赏和喜欢，却很难说谁好谁坏。”老人这番简短的说明，同样给予我很大的启迪。艺术批评既有客观的尺度，又有主观的倾向。只强调前者，肯定会人云亦云，毫无创见；光承认后者，却又肯定会随心所欲，遁入魔道。如何掌握两者之间巧妙的融合呢？冰心只说了几句话，自然无法对此作出系统的界说，但是她十分注意主观、客观的

“相似”与“共鸣”，还强调“很难说谁好谁坏”，说得多么审慎，从这种冷静地剖析主客观关系的心态出发，肯定就能够得出解开人们疑窦的见解。

郭枫又提出了一个新的问题，要她预测当前文学创作的发展方向。她沉吟了片刻，很坦率地回答说：“不知道，批评当前的文学，要等待后人来做，我们不好说。”回答得多么洒脱和睿智，想要完整地评价今天的创作，确实是只有后代的文学史家才能够做到。对于今天的作家来说，当同时代的评论家探讨自己的创作时，更要采取超脱和虚心听取的态度。今天还有少数年老或年轻的作家，热衷于干预评论家对自己的估价，甚至给他们定好调子，硬要他们狠狠地拔高自己。比起这位智慧和豁达的老人来，真是幼稚可笑和恣睢横暴得令人咋舌了。

郭枫的最后一个问题，是怎样和台湾文学交流，以及西方商业性文化介绍来大陆后，会产生什么样的影响？冰心充满信心地回答说：“和台湾文学的交流越多越好，至于西方商业性文化的涌入，也没有什么可怕的，要相信大家的选择，引导人们去接受健康的影响。”

多么开放和宽广的胸怀，真是洋溢着泱泱大国的气魄，她像江河那样潺潺流淌的话语，使我感受到了一种青春的活力。我觉得这满头黑发的老人，永远有一颗年轻的心，真应该成为我们许多后辈人生道路上的榜样。

还有多少说不完的话，却怕她太劳累了，只好在依依不舍的情怀中，向她鞠躬告别。这时我瞧见一丝秋日的阳光，正从阔大的窗口透进来，把她丰满而又柔和的鬓角映照得通明透亮。秋天是丰收的季节，我多么希望永远读到她闪烁着阳光、闪烁着理想的新篇，好使自己的精神获得更大的升华。

吴世昌小记

吴世昌先生去世后，我看到过有些报道说，20 世纪 60 年代初，正值饿殍遍野之际，吴世昌却毅然辞去英国牛津大学的教席，归国参加文化建设的往事，确实是可钦可敬得很。然而在我的脑海里，却常常浮出另外一个吴先生的影子，这就是他作为一个平凡和普通的人，十分亲切地活跃在我的记忆里。我当然深知他在学术上的建树，深知他挚爱着自己祖国的精神，可是更能够触动我感情的，却是这个可以亲近的吴先生，除了他的热忱与善良之外，我甚至还想起了他异常执拗的表情。

我虽说是跟吴先生同事多年，在“文化大革命”之前却并不熟悉。因为他早已是大名鼎鼎的学者了，我却还属于后生小子之列，加上自己生性疏阔，不善结交名流，所以似乎连一句话也没有跟他说过。认识吴先生的缘分，开始于到达河南罗山的“五七干校”之后，想不到我竟会跟他同睡在一条长长的大炕上。

我们住宿的是一间狭长的房子，听说原来是关押劳改犯人的囚室。他们在几天之前才被转移走的，因为林彪刚下了“一号通令”，说是要准备打仗，抗击入侵之敌。大概是要防止他们在战乱中闹腾和破坏吧，将他们迁往不容易捣乱和逃跑的地方去了，于是这囚室就权充我们这批“五七”战士的宿舍。窗下那一排布满了泥块和尘土的大炕，加上满地的破纸和碎草，实在是显得肮脏不堪。我们把炕上和地下都彻底打扫了一遍，将从北京带来的床板搬进屋内，整整齐齐地叠在炕上，各自铺开了五颜六色的被子，这囚室顿时变得干净起来，可以放心地睡觉了。

每逢白昼，我们这些年轻一点儿的人，都被“工宣队”派去搬运砖石，修葺房屋。像吴先生那样的老“战士”，就留在菜园里干点儿轻活。“工宣队”照顾大家刚下乡，又逢上冬天日短，早早地布置收了工，在夕阳西下时竟已吃完了晚饭。夜间也很少有学习或批判的会议，精神上固然可以不至于太紧张，却又有点儿奈此长夜何了。

吴先生真会抓紧时间读书，只见他斜躺在床头的被服上，揿亮了电筒，慢悠悠地默诵着周邦彦的《清真词》。有一回，我见他翻到“楼前芳草接天涯，劝君莫上最高梯”这两句，正在细细地吟味。如果满世界都是萋萋的芳草，登上华屋的高处眺望一番，那真可以说是风景如画的，跟我们这一大间寒碜的囚室比较起来，委实是两种迥然不同的境界。幸好文人喜欢想象，尤其是在宁静的夜晚，念这样的绝妙好词，该会有一个温柔而又美丽的梦吧。每当我瞅着吴先生眯住了眼睛时，总是忧伤地祝愿他有一个迷人的梦。

他每晚都孜孜不倦地读书，似乎忘记了人世间的一切烦恼。

我不知道他是否怀念着自己的妻子儿女？也许是在心里想得深切，表面上反而显出淡然的滋味吧。我那时整天牵挂着分散的家庭，忧思百结，心神不定。不管是谈论什么话题，都缺乏十足的劲儿，有时跟吴先生闲聊几句，也总是三言两语便结束了。这样就都想起《世说新语》里的对话，竟借用它来交谈了。它是那样简短，可以毫不费力；又那样含蓄，可以不致触犯忌讳。

我真想跟他聊聊离愁别绪的话题，却又被传统的礼节所拘束，觉得在两个刚强的男子汉之间，似乎不该谈论这些儿女情长的事情，终于没有启口。但是吴先生用读书来消愁的做法，倒是给了我很大的启迪，因此也学着他的模样，随便找了几本书来翻阅。书本中各种纷杂的内容，果然驱除或冲淡了自己内心的忧思。

不久之后，我们的干校又奉命迁往罗山东边的息县，“五七”战士们都分散住在老乡家闲着不用的破屋里。说来也真凑巧，我们又同住在一间低矮的草棚里。这草棚的四堵泥墙都已开始倾斜，寒风从数不清的窟窿里吹进来，冷得我的心直发抖。仅有的一个窗子，小得像张开的巴掌那样，还贴上了发黄的旧报纸。两扇勉强合拢的木板，就算是进出的门户了。白天坐在屋里，也是黑沉沉的，想见到一点儿亮光的话，得要敞开大门，不过冷风也随着凶猛地刮了进来。

我们把箱子放在土坯上，把行李放在战友们刚搬来的床上，摊开被褥，取出蚊帐，摸黑往床头挂着。我很快就挂得方方正正的，躲进去一看，觉得在这片洁净的世界中，依旧能够安身立命，驰骋自己的思想，人的需求原来可以降低到最小的限度。当我高兴地钻出蚊帐，看见吴先生在暗中移动的影子时，才发觉他那双曾撰写过多少文章的手，竟无法将铁钉稳稳地敲进泥墙里去。蚊帐依旧乏力地团在床上。我赶紧替他敲好钉子，系上绳索，将蚊帐挂在床顶。他这才坐在雪白的帐子里，抚摸着自己稀疏的头发，轻轻地喘着气。过了一会儿，他打开自己的袖珍收音机，随手丢在床上，那里正在广播新闻，总是说着“无产阶级革命路线的伟大胜利”吧。他站了起来，在坑洼的泥地上踱起步来，又用手指弹着剥蚀的泥墙，像是陷入了沉思之中。这时候，收音机里传来我国人造卫星上天的消息。

“卫星上了天，可是人们住的房子却跟三代以上没有多大区别。”吴先生沉思地说。“不是说生活得太好，就不利于思想改造吗？我们刚适应了囚室，又奉命上这儿来适应草棚的生活。比起这草棚来，那囚室真可以说是天堂了，因此得从天堂里撤退出来。不过从增加见识的角度来说，却又是多大的收获！”我瞧着屋顶乌黑的稻草和四壁散乱的泥块，顿时又想起那一间在白天洒满了阳光的囚室。想起自己在囚室里读《英汉辞典》时，他曾回忆过在牛津大学教书的情形，竟又冒出了一个奇怪的问题：“你刚从中国去牛津大学的时候，会感到有这种突兀的印象吗？”

他摇摇头说：“绝对不会的。”

“这就可见从认识的角度来说，我们今天的收获确实太大了。”我又想起《庄子》里的《齐物论》来，差一点儿要背诵“未知有无之果孰有孰无也”这句话。因为坐在干净的帐子里，隔开了肮脏的屋顶，我内心很舒坦地说：“我们不仅认识了，我们还创造了一个干净的世界。”

他仰起头，打量着乌黑的屋顶，像吟咏一首四言诗似的说：“匪夷所思，匪夷所思！”他眼睛里露出一道忧伤的光来，这凄怆的神色，这悠长的话音，至今还像是在我眼前似的。我常常回想着他所说的“匪夷所思”这四个字，为什么要这样说呢？是不是他早已觉得不能理解这“文化大革命”的涵义？他满腔热情地回到祖国，本来是想大干一番事业的，他也许准备写出几部巨大的学术著作，也许准备在中国的研究院里教导出一批得意门生来，却也不得不服从“无产阶级革命路线的伟大战略部署”，被卷到这千里之外的“干校”无谓地劳碌，不恰巧是应了《易经》里“匪夷所思”的话吗？

为什么不让人们过正常的生活，为什么会有“匪夷所思”的感叹呢？这“匪夷所思”听起来相当含蓄，却是对这种生活最为彻底的否定。因为在“文化大革命”的风暴中，如果直白地说不该办“五七干校”，那简直就是犯了大罪，甚至可以吃官司的。

每逢白天，他去搓麻绳，我去老远的地方搬运石头。到了夜晚，我们都躲在自己的帐子里，张望着搁在土坯上的煤油灯，随便说几句白天的见闻，就先后都打起鼾来。

有一天深夜里，我忽然从睡梦中惊醒过来，老是听到屋子里有一阵哗哗的响声，赶紧拧亮电筒，往蚊帐外面探望，这才慌张起来。原来雨水正冲过屋檐的漏缝往里灌着，淌满了泥地，积水在电筒的光线底下，泛出了浑浊的影子。我急着寻找布鞋，想下床悄悄巡视一番，看这草棚有没有倒塌的危险。可是在床下找遍了，也不见自己的鞋子，也许被积水冲往门外去了吧？

这时从吴先生的蚊帐里，忽然闪出一道电筒的光线来，这束微弱的白光，在我面前摇晃了一会儿，就停滞在一块厚厚的土坯上。我随着光线看去，只见那双鞋子早已搁在上面了。我这才恍然大悟，原来吴先生已在我之前醒来，做完了抢救的工作。又悄悄地躺在床上，听着屋外的风声和雨声，听着从墙上淌下的汩汩水声，也许嘴里还默诵着“楼前芳草接天涯，劝君莫上最高梯”吧。

我默默地张望着他的蚊帐，虽然眼前是一片漆黑，却幻想着他正在芳草天涯中徜徉，为什么不和我说话呢？是又睡着了？在这样的滂沱大雨中，他竟显得如此从容和淡漠，可是在他的心里，却又多么关怀别人。我突然觉得他像个天真无邪的赤子那样，让人从心里喜爱和尊敬。

河南的泥土比北方黏得多，一场大雨过后，满地都是厚厚的泥浆，许久都不会干燥，双脚踩在上面，陷得深深的，费好大的劲儿才拔得出来。食堂离我们住的草棚很远，我让吴先生在草棚里等待，独自迎着早晨的阳光，瞧着地上的一片泥浆，踏踏地走向食堂。食堂其实也是一片浑浊的泥地，只在顶上遮了几张竹席，哪里经得住暴雨的摧残，地上布满了一片稀烂的泥浆。我买了几个馒头，匆匆地赶回去，跟吴先生各自坐在蚊帐里，慢悠悠地啃了起来。

早饭之后，我背了一捆稻草，铺在泥泞的草棚里，一股阴森森的潮气却依旧散不掉，冷得人浑身颤抖。吴先生说是想去外面阳光下走走，拿起一根竹棍出了门。我懒得在泥团中踯躅，迎着从门口射进来的阳光，写起家信来。写了好久还不见他回来，就去村子里寻找。兜了一个圈子，才发现他在河边的小树林里，神往地瞧着一群雏鸭，在扑扇着翅膀游水。他也许想要吟咏那些自由自在的禽类吧。我不愿打扰他的诗兴，悄悄绕到他的背后，也默默眺望起来。

吴先生又站了一会儿，拄起竹棍，踩着泥浆，很艰难地走了过来。

“吴教授，胡为乎泥中？”我瞧着他开朗的神色，高兴地喊叫起来，说着《世说新语》里的对话。

“薄言往愬，逢彼之怒！”他背诵了《世说新语》里那段文字的答案。

“震怒者何人也？”我沿着《世说新语》里的思绪，信口发挥了起来。

“天耶人耶？恣意为之耶？”吴先生充满玄机似的回答着。

我瞧着他眯住的眼睛，仰天大笑起来，这真是一个哲人的答案。为什么知识分子会被迫放下手里的工作，无法将自己所掌握的文化知识贡献给整个社会，就说像他这样饱学的教授，为什么会被莫名其妙地遣送到这儿来，无谓地遭受冻馁呢？这难道不是“恣意为之”的结果吗？不过面临着这种悲苦的命运，他似乎并不感到十分沉重，却抿着嘴微微地笑了，也许正是因为他已经窥破了“文化大革命”的玄机，才会露出如此坦然的表情吧。

放晴了几天之后，我们草棚前面的泥地全被阳光晒干了，一行行隆起的脚印，竟像石块那样坚硬地挺立着。趁着星期天休息，我动员吴先生一起晒晒潮湿的被子，于是在杨树上拴起一根绳子，抱着被子轻轻地往上挂。

当我搬走他床上的垫被时，竟发现木板上蒙了一层水汽，中间狭长的一条痕迹显得更为分明，俨然是他躺着的身影。他惊呼起来了：“隔着垫被还能留下我的影子，真是匪夷所思！”

我为了打消他恐惧的心情，赶紧拉着他奔往门外，将他团在绳子上的被褥轻轻拉开。只见缝住被面的白线几乎掉光了，一大块棉絮全露在外面。我找出针线，吃力地替他缝上，他绕着绳子张望，又吃惊地喊道：“你还有这样的本领？”

正在这时，“工宣队”一位胖胖的师傅跑了过来，称赞吴先生从来到干校之后，各方面都表现得好，让他在下周的“毛泽东思想讲用会”上发言，讲讲自己走“五七”道路的体会。

吴先生眯着眼，摇了摇头，不假思索地拒绝说：“我没有什么值得讲的，我真的讲不了。”

胖师傅又耐心地劝他无论如何得讲一讲，还告诉他这是

“工宣队”领导上一致决定的，他却毫不领情，依旧是固执地拒绝了。

胖师傅的脸色有点儿愠怒，摇摇头走了。

吴先生摊开双手，无可奈何地说：“我能讲什么？说真话肯定不行，总不能讲假话吧！”

阳光照着他稀疏的头发，照着他瘦削的脸庞。我感到从他眯着的眼睛里，闪出了一股晶莹的光来。我至今还记得他当时那种执拗、诚恳和无畏的表情，这似乎比词学大家或红学大师那样的称号，更鲜明和牢固地烙印在我的回忆里。

动乱和荒诞的“文化大革命”终于结束了，在最近这逐步走上正轨和清明的10年中间，吴先生终于有机会作出了大量的工作，写论文，编自己的文集，对我国古代文学研究方面的贡献，是相当可观的，他还培养了新中国的第一代博士研究生。记得在两年前，我们几个人正忙着筹办一份散文月刊，我前往他的府上，请他撰写几篇关于牛津大学的回忆录，以飨有些想了解国外大学情况的青年读者。没过几天，他就跑来找我，给了我一篇回忆李四光的文章，并送我一本他刚在香港出版的《罗音室诗词存稿》，很谦虚地表示，如果这篇文章不能刊用的话，千万不要为难，说是等忙过了这一阵之后，再尝试写几篇回忆牛津大学的文章。

“我是要写的，写我在那里看到和学到的东西，写我为什么要回中国来？一个人总得为自己的祖国工作，当然国家也应该让人们有得到工作的权利。我们在干校的那些日子，不就是无法正常地工作吗？那种匪夷所思的日子，永远也不能让它再来了！”他深思了一会儿，开朗地笑了。

《回忆李四光》已经在那个杂志的创刊号上登了出来，可是他答应要撰写的牛津大学回忆录，却永远也无法读到了。他报效祖国的愿望，总算开始得到了实现，他还可以做出多少有意义的工作来，为什么竟这样匆忙地离开我们呢？

王瑶的“自传”

大凡撰写自传的人，往往会表现出种种不同的心态。不过概而言之，总逃不脱下述的三种类型：一是如实描绘，力求真切；二是夸大吹嘘，近乎扯谎；三是插科打诨，贬抑自嘲。我历来主张最好采取第一种写法，这样可以让读者当作信史来鉴赏和研究；也爱看第三种写法的，这样可以了解传主另一侧面的丰富性格，以及他愤世嫉俗的精神风貌；却反对第二种虚矫做作和假话连篇的恶劣文风。

海内外知名的文学史家王瑶先生过世后不久，我看到他于72岁时写成的一份《自我介绍》，读起来觉得颇堪玩味。这篇不足200字的简短自传，无疑是属于上述的第三种类型，在满篇都是诙谐的气息中，似乎已经完全参透了人生，显出一种十分睿智和无所追求的哲人风范。

王瑶在研究魏晋文学和思想方面所取得的成就，同时代的学者中几乎很少有可与他比肩的。记得我年轻负笈时，刚读着先师刘大杰的《魏晋思想论》，立即觉得像是攀上了一座学术的山峰，瞧着茫茫的四野，景色变得优美迷人，自己的思想也随之豁然开朗起来。又过了不久，我偶然翻阅王瑶的《中古文学思想》《中古文人生活》和《中古文学风貌》这三本书籍，深感他写得别开生面，而且似乎还响彻着往昔历史的回音，因此也留下了深刻的印象。

至于他撰写的《中国新文学史稿》，更是这门学科的开拓与奠基之作，在国内外汉学界都获得了广泛的声誉，他无疑是从事中国现代文学研究的泰斗。这本书写成于新中国成立初期，更是它的一大幸事。这样就没有感染上日后爆发的“左”倾思潮顽症，成为一本史料最丰富、观点最准确、文风最可喜的现代文学史著作。上述这些值得大加阐发的情形，似乎应该多少写入《自我介绍》的吧。可是在王瑶的这份材料中间，竟一字都未曾提及。由于在学术研究上的卓越建树，他早已是鼎鼎大名的权威人士，却只用一句话说明自己“忝任北京大学教席”，这种谦逊和超脱的风度，真像是魏晋间的雅士了。

《自我介绍》回顾他在大学读书时，只用了“诸多平平”四个字，这也是十足的自谦之词。且不说他在文学方面的才华，仅从当时的政治态度和倾向来看，也算得上是30年代学生运动的急先锋。当时曾有一位北京的青年学生，因为反对国民党政权屈膝媚日，竟被无理拘捕，在残酷的虐待和迫害底下，悲惨地病死于狱中。血气方刚和满怀正义的王瑶，和几个同学抬着这位被害学生的棺椁，参加浩浩荡荡的游行示威队伍，于是也被捕入狱。《自我介绍》中，只说自己曾“两系囹圄”。如果不在这儿稍加诠释的话，就会有许多朋友不知道他还曾是学生运动的猛将。

从表面上看来，在《自我介绍》的结尾处，也都充满了贬抑自嘲的话儿，譬如说自己，“华发满颠，齿转黄黑，颇符‘颠倒黑白’之讥，而浓茗时啜，烟斗常衔，亦谙‘水深火热’之味”。这寥寥几十字，竟像是现代主义文学作品的二重结构和多种含义那样。表面上说的是自己年老之后，依旧不改喝茶的习惯，因此陷于“水深”之中，始终保持抽烟的嗜好，因此笼在“火热”里面；而深层的意思，却是将“水深火热”这“文革”中常用来形容资本主义国家的字眼，隐喻“文革”时期的中国，其实恰巧是在“水深火热”之中。至于自己因为嗜烟如命，应该是雪白的牙齿，却变得又黄又黑，反衬着由黑变白的头发，不成了“文革”中常说的“颠倒黑白”吗？而从这些文字颇具《世说新语》的韵味来说，无疑又隐喻“文革”时期才恰巧是“颠倒黑白”。在这位文学大师言简意赅的抒写中，可以看出对于残酷而又荒唐的“文革”岁月，蕴含着一种强烈的反感和愤懑。

《自我介绍》述及他在撰写此文的1987年，还“时乘单车横冲直撞”，可见他身体始终都很健康，真是老当益壮，英武可爱。那时的报纸上多次登载过，曾有少数的官员和富儿，为了炫耀自己的地位和气派，不惜重金，想方设法换乘外国进口的豪华轿车，津津乐道，以此为荣，否则似乎就丢失了面子和身份。比起那些人来，王瑶“横冲直撞”地骑着自行车，也许可以说是很可怜的穷人了。然而他依旧是从容自如，“不失仪态”，显出了通达的魏晋风度。因为他深知打发这样困顿的日子，丝毫也不是自己无能的缘故啊！

记得在1989年冬天，他于上海患急病逝世的二十余日之前，我还有幸与他同游苏州的寒山寺。暮色苍茫之中，我瞧着他挺胸迈步，一点儿也不畏惧凛冽的寒风，不由得从心里钦羡他坚强的体魄，觉得他虽然历经坎坷，却依旧会有长命百岁的希望。他听完了我的话，点头微笑起来，似乎也赞同我的意见。

我们在大殿的前面徘徊着，当王瑶的眼光越过高墙，眺望遥远的天际时，笑容消失了，炯炯有神的双眼中，突然射出了一道分外忧伤的光芒。如果心底里没有什么深深的隐痛，绝不会有这样的神色。我赶紧安慰他，念了《古诗十九首》中的两句："人生天地间，忽如远行客。"

王瑶忧郁地笑了，也不知道是什么意思。

匆匆分手之后，我又在大江南北云游了一阵，刚回到北京，就听说他已经遽然而逝，感到万分的惊讶，顿时想起了陆机《挽歌诗》中所说的，"昔为七尺躯，今成灰与尘"，俯首沉思，悲痛不已。真是苍天不仁，奈何奈何！

悼江南

在滁州游罢醉翁亭，走遍了琅琊山之后，兴冲冲地登上北归的列车，正想闭目养神，邻座一位热心的旅伴，却将他携带的《人民日报》递给了我。

当我随便翻阅时，突然有一行黑体字的标题《〈蒋经国传〉作者江南在旧金山被暗杀》，映进了我的眼帘。

江南，是他吗？他真的已经被凶手们暗杀了吗？不会的吧！他多么结实和活泼的身影，还不住地在我的眼前晃动；他多么机智和诙谐的话语，还不住地在我的耳边震响。这分明的身影，这真实的报道，一起在我的眼前颤抖起来，究竟是怎么回事儿呢？我觉得完全被这突如其来的打击搅乱了，敞亮的车厢顿时变得一片幽暗，似乎是笼在一阵雾霭中。我昏昏沉沉的，用手指恍惚地点着这传来噩耗的字眼。这时候我才清醒地意识到，报纸上登载的不可能不是他。啊，江南真的已经被凶手们暗杀了！

于是，在北归的列车上，我做了一夜的噩梦。我梦见自己站在江南家的客厅里，眺望着旧金山海湾的波涛。他悄悄地拍了拍我的肩膀，唤我一起走下楼。步出庭院，登上他的汽车，不知道是什么缘故，汽车飞也似的跌入了大海。我在飞溅的浪花中惊醒过来，却又迷惘地听到了火车轮子轧轧的声响，这才明白了刚才是一场恐怖的梦。

在悠悠的汽笛声中，我又依稀地入睡了。我似乎在江南家的小楼前面，瞧见他躺在一片血泊中。我赶紧去搀扶他，看着他安详的脸面，和微微皱着的眉头。他似乎显出一种十分遗憾的神色，因为还有好多的工作尚未做完。他这副表情，正是对凶手们无言的控诉。杀害了创造信念和理想的暴徒，确实是应该被诅咒的，他们比野兽还残忍，比鬼蜮还黑暗，他们是配不上“人”这个称号的。

梦醒了以后，我又回想起和江南的交往来。三年前我去美国访问时，曾往柏克莱参观，在华裔女作家陈若曦家的宴会上，结识了江南。据他自己所说，是香港各种报纸的热心读者，因此从那些报纸的评论中，已经知道了我著述的近况。我们就这样没完没了地说了起来，真可谓一见如故，竟有几位客人怀疑我们是旧友重逢。

我们躲在客厅的角落里，跟许多客人只是握个手，寒暄几句之后，又回到我们谈论的世界中去了。我们从司马迁谈到梁启超，从塔西陀谈到吉本，最后他又兴致勃勃地讲起了自己写的《蒋经国传》，讲起了我和别人合写的《鲁迅传》。

直谈到夜阑人静，来客相继告辞的时候，我们还觉得兴犹未尽，也只好匆匆分手。在握别之际，他跟我约定，上旧金山渔人码头，找他开设的店铺 *La Figurine*。几天之后，我如约前往这出名的闹市，找到了他的店铺。在一个开满了各种商店的院落里，从几座高楼大厦的缝隙中，渗入了金灿灿的阳光，正好洒落在他那间铺子的玻璃窗上，像一道道五光十色的彩虹，又从这儿反射出来。

推开他店铺的玻璃大门，我觉得自己像是步入了一个神奇的艺术世界。墙壁上挂满了绘着各种图画的瓷碟，有的色彩鲜艳，有的一抹淡雅，图画中有圣洁的天使，有邪恶的魔鬼，有飘逸的仙子，也有纯朴的村姑。他们在微笑着招手，他们在忧伤地哭泣，每个肖像几乎都有自己曲折的故事，让顾客们随意地想象。

在一排玻璃柜子里，密密层层地排列着种种的雕塑，有木头的，有石膏的，也有象牙的，不管是用什么材料造成的肖像，几乎都雕出了他们跳荡的心灵。在一群侠客和美女的包围中间，一个傻头傻脑的医生，正在替病人听诊，病人背后的架子上，竟挂着一副令人毛骨悚然的尸骨，这具逼真的象牙雕刻，实在是充满了阴森森的气氛。

江南指着雕得细致光滑的尸骨嚷道："这是典型的艺术品啊！"

真不知道有哪一个顾客，会愿意付出两千多块美金，将这买回去放在自己的桌上观赏。赤条条的尸骨，又有什么美妙可言呢？当江南发现我困惑不解的眼光时，大声笑道，"他会使你想起圣桑和李斯特的骸骨之舞，这不是最了不得的艺术吗？”

直到今天，我还依旧记得江南眉飞色舞的表情。他辛辣地嘲笑着死亡，他是一个多么乐观的人，然而他竟如此迅速地走向死的归宿。当他正想继续描绘中国现代历史的很多画卷时，竟被野蛮的凶手扼杀了。回顾他这样匆促度过的一生，使我感到无比的痛楚和愤懑。

在那一回，江南陪我走遍了旧金山的大街小巷。最使我难忘的是，我们从巍峨庄严的艺术馆，奔向金碧辉煌的大教堂；从绿草如茵的公园，奔向钢架林立的金门大桥。旧金山多么温柔，它有一股使人回肠荡气的韵味；旧金山又多么宏伟，我分明感到了它气魄雄壮的旋律。听好多美国人说，只要到过旧金山，就一辈子也忘不掉它。我曾见过很多少男少女，在海滨弹着吉他，从琴弦上发出的声响，往往是《让我的心留在旧金山》这支乐曲。

旧金山确实是值得令人回忆的地方，江南那所面临海湾的住宅，就始终保存在我的记忆里。然而从今天开始，在我的记忆中，更会涂抹上江南洒下的鲜血，跟旧金山这幅美丽的风景画融在一起。

我和江南是很有缘分的。在1949年的渡江战役中，他参加了国民党军队，守卫长江的天险；我却参加了人民解放军，越过长江的天险。最巧合的是这地点都在江苏省的江阴县境内。他随军败退到台湾以后，进入了大学，后来投身于新闻界；我在渡江以后不久，也进入了大学，后来投身于学术界，我们的人生道路竟如此相似。我们是同龄人，在那个硝烟弥漫的时代中，由于经历、思想和机缘的差异，竟在两个不同的营垒中，几乎走着一条平行的路。诉说着各自的青年时代，我们都禁不住仰天大笑起来。

江南是一个充满了历史感的人，从长期的观察和思考中，早已将自己的感情寄托于祖国的大陆。他发表在香港报纸上的不少文章，都可以清楚地看出这一点来。

他长远的写作计划是在传记文学方面，林觉民、柳亚子、蒋介石、龙云、吴国桢这些色彩很不相同的人物，都已经列在他工作的单子上了。他最得意的著作，自然是在香港文艺书屋出版的《蒋经国传》，他特意郑重地题签赠送给我。在这本署名“丁依”的书籍中，还附录了他自己所写的《蒋介石婚姻生活考》和《一个历史见证人的身影》两文，前者也署了“丁依”这个笔名，后者却署的是他常用的江南这个笔名，至于他原来的名字刘宜良，则用于经营自己的店铺。《蒋经国传》及其两篇附录，对于蒋介石和蒋经国父子的议论，其实是相当委婉的，有时往往显出一种同情的倾向，甚至还不乏溢美之词。在字里行间，自然也有不少尖刻的话语，猛烈地讥讽了蒋氏父子。有些段落中，更是披露了他们见不得人的秘史，这恐怕是铸成他杀身之祸的重要原因。

人类社会已经愈益走向文明，任何严重的纠纷，都应该通过磋商和谈判来解决。暗杀的手段是极端卑鄙的。我在这里要向善良和正直的美国人民呼吁，你们不应该容许凶手们玷污旧金山这座风景如画的城市，不应该让凶手逃脱正义和法制的惩罚。江南的流血牺牲启示了我们，为了要达到真正和完全的文明，我们仍须付出艰巨的努力，进行不懈的奋斗，才能够使理性和良知，永远在人类社会里高扬和升华起来。

我不愿意像人们常说的那样，讲一句“江南你安息吧”的话，而希望你在地母仁慈的怀抱中，警觉地注视着这纷繁的世界。

江南，你也许是无法做到这一点了。幸好还有你的许多朋友在，那么我们大家就应该这样活下去。

在伯奇教授家里做客

我这次访问美国，在伯奇家里盘桓了几天。他真挚与亲切的照料，使我永远也难以忘怀。我跟伯奇相识已经有两年了。记得是在结冰和飘雪的季节里，我们曾在北京交谈了整整的一天，两年后的这个夏天，我们又在美国结下了深深的友谊。

伯奇的住宅，是一所两层楼的房子，坐落在柏克莱一条幽静的街道旁边。我在他的家里做客时，住在他楼上的卧室里。每天傍晚，当我正伏在桌上写字的时候，他总是悄悄地走上楼来，瞧瞧浴室里的热水是不是通畅，听听收音机的声音是不是清晰。这时候，我就迎到外面的起居室里，想跟他说上几句话，他总是摇摇手，让我回到卧室里去继续案头的工作。说等到晚饭的时候，我们可以在餐桌上痛痛快快地谈话，说着又悄悄地走下楼去。他依旧把脚步放得很轻很轻，好像他倒成了客人似的，这是个多么周到的主人啊！

在这几天中间，我深深感到了伯奇的勤勉，他几乎整日都在工作。他快满六十岁了，在他的前额上，已经布满深深的皱纹，可是那一双淡蓝色的眼睛，却还闪耀着炯炯的光芒。他的精力充沛，除开读书、写作、备课和处理大学里的公务之外，还帮助自己的夫人做着各种各样的家务。

每天早餐以后，在他的书斋里，就连续不断地发出打字机的响声，很久很久才停歇下来，静静的，一点儿声音也没有了，可以想象得出来，这时候他或许是站在书柜前面翻阅资料，或许是正在埋头草拟着论文的提纲。在吃午饭时，他又聚精会神地跟我讨论着，怎样选择恰当的字眼，将一句李白的诗翻译出来。他那一对淡蓝色的眼珠，静静地张望着放在桌上的纸片，还用手指轻轻地敲着，连他夫人从厨房里端出菜来，也都没有发觉。

午饭后，当我回到楼上休息的时候，又瞧见他在窗外的花园里拾掇了，浇完盆里的花卉，就打扫草地上的落叶，然后又拿起刷子，将撑在石头圆桌上的大布伞，轻轻地擦了一遍。多么令人疲乏的午间啊，他却在和煦的阳光底下，忙碌个不停。听说美国的手工劳动，工资高得怕人，因此绝大多数的人家，都是自己料理家务，买菜做饭，打扫屋子和收拾花园，一切都由自己来动手。

伯奇还是个谦恭有礼的人。他曾经当过加州大学的文学院院长，但是在跟自己的学生商量问题时，总是和和气气地倾听他们的意见。当他提出的主张被学生反驳时，就更耐心地给大家解释，有时甚至还干脆放弃自己的观点。好多学生在他面前，都无拘无束地说话，有时还吵吵闹闹的，好像一点儿也不讲究师生之间的礼节。其实这些学生在跟我谈话时，几乎都发自内心地称赞伯奇，钦佩他的学问和人品。据说他在美国汉学界是颇有声望的人物，从他治学的勤奋，待人的热诚和谦逊来看，在人们的心里树立起崇敬的威信，这是很自然的事情。

我在他家里做客时，他陪我去逛过附近的不少地方，我们一边赶路，一边说话。他的话题是异常广泛的，当说到中国文学的研究时，他总是笑得那样舒畅，在他提起汤显祖和冯梦龙的名字时，就像是回忆自己最亲近的朋友那样，说得津津有味。他也议论美国的社会现状，议论美国青年的生活和理想。他说在自己年轻的时候，整天整晚想的是事业和学问，从来也没有考虑过奢侈和享乐的生活。可是现在的不少年轻人，大学刚毕业，事业还没有头绪，就一心一意想经营舒适的巢了。他对这种风气表示不太满意，这就是所谓父与子两代人的矛盾，也许不论在地球的哪个角落里，它都是永恒存在的主题吧！

从他的谈话中，我发现对于许多问题的看法，我们都是相似的。他是一个典型的西方人，我是一个典型的东方人，为什么我们能够相处得这样融洽呢？我想最重要的，是因为他有着一颗尊重和爱护别人的心。

我曾看到过极少数的美国人，简直像公鸡那样的骄傲，昂视阔步，睥睨一切，似乎中国的所有问题，都必须由他们来作最后的审判才行。可是他们的那些看法呢，却实在是荒谬和无知得很。碰到了这样的人，真令人感到有点儿无话可说。

有一天晚饭后，在伯奇家的客厅里说话时，我衷心地感谢了许多美国朋友的情意，却对那种狂妄无知还想高人一等的作风，表示了反感的情绪。

伯奇点点头，沉思地说：“任何一个国家的现状，都是由自己复杂的历史渊源形成的。对任何一个国家的制度，最有发言权的是这个国家的人民，应该由他们来选择自己的道路。任何一个国家也都有自己存在的问题，我们希望每一个国家都能够解决自己的问题。”这是多么清醒和公允的话语，能够说出这样话来的人，一定是很有修养和见识的学者。

“是的，每一个国家的制度，必须由它的人民来选择。当然可以对旁的国家发表看法，就是讲错了也没有关系，但是千万不要将自己充当最高的审判人。中国在近百年以来，受尽了外国的欺侮，一切都被外国所主宰，我们对这一点是很有感受的。”我很欣赏他的话语，因此说得有点儿激动起来。

我们这一场轻松愉快的夜谈，竟以相当严肃的话题来结束，真是出乎意料的事情，不过在我们相互之间，似乎变得更理解了。在他爽朗的笑声中，我高高兴兴地走上楼去。

有一回，他们夫妇俩陪我去旧金山游览，当我们在曲曲折折的街道上急驰时，一个年轻的黑人骑着摩托车，绕过我们的汽车，急急忙忙地想冲过十字路口去。在他的背后，坐着一个黑皮肤的老妇人，大概是他的母亲吧。因为车子拐得太猛，老妇人惧怕地叫了一声。我瞧见伯奇皱起了眉头，也许是嫌那个小伙子太鲁莽了。

街口的红灯亮了，那小伙子刹不住自己的车子，跌倒在地上，老妇人更被摔得远远的。

伯奇忍不住轻轻叫了一声："哎！"他望了下自己的夫人，就将车开到路边去。这时候，小伙子扶起老妇人，开着车走了。伯奇见他们没有受伤，嘴角上挂起了一丝微笑，也开着车继续前进。

那一天在旧金山街头漫步时，我的兴致分外浓厚了，有这样一个充满了同情心的旅伴，怎么能不使自己从心底里感到温暖和熨帖呢？在金门大桥附近的高地上，远眺海上的浪花和雾气时，我挺着胸膛很欣喜地跟他谈论起朗费罗来的诗歌来，于是我们又开始了文学的话题。

当他的夫人催促我们上车时，他轻轻地摇了摇手，高高兴兴地说，"林先生今天的兴致特别浓，我们在这儿再看看好吗？"

"好的。"我赶紧抢着回答，因为我已经领会了他的友谊，并且珍惜这种纯洁和珍贵的感情。

时光真是很容易流逝的，在伯奇家里住了几天之后，我又要上另外的地方去。我清楚地记得，在他家里的最后一个夜晚，我放下手里的书本，走到临街的窗户跟前，想在睡觉之前呼吸一下清新的空气。

从海上吹来的风，抚摸着街道两旁的梧桐树叶子，瑟瑟地作响。窗下的街灯透过密密的树叶，把几条暗淡的光线投进了窗户。街道上既没有车辆，也没有行人，多么幽静的夜晚啊！我不由得想起了大洋对面的亲人和朋友们。这时的北京，正是早晨八点钟，一天的工作刚刚开始，不知道他们都在忙碌什么呢？

突然传来一阵孩子的叫嚷声，打断了我的思绪，我的心又飞回这座雅致的小楼里来了。原来这是伯奇的小外孙女玛丽，这个刚满三岁的孩子，不知道为什么在深夜喊叫了起来？

玛丽的父母为了要参加今晚的舞会，特意把她送来，请老夫妇代为照管。在晚饭的时候，伯奇夫人让我抱起小玛丽，小玛丽既不敢摇手，也不敢点头，只是伏在我的肩头，害怕从正面瞧我的脸庞。她大概是分辨出了我黑颜色的眼睛和头发，跟她自己见过的许多人很不一样，因此多少有点儿紧张吧。

在玛丽的叫喊声中，我听到了伯奇在轻轻地说话："别吵醒楼上的林先生，让他静静地睡，他明天要赶路。"

经过伯奇的劝慰，小玛丽终于安静了下来，其实我还并没有睡觉。

伯奇诚心诚意地照料我这个异邦的客人，给我留下了十分美好的回忆。我将永远感谢他的深情厚谊，永远记住他那种纯洁的友情。世界上也许会发生种种难以预料的纷争，但是在中美两国之间，千千万万个普通人的友谊，一定会永存的。

记丸尾常喜

我早就知道丸尾常喜这个名字。记得是在北方的几份学术刊物上，读到过介绍他研究鲁迅的文字，描述他阐发鲁迅对于中国人灵魂的剖析，是如何的细腻和深切。这似乎是只有中国学者才能够很好探讨的问题，为什么一个日本学者却解答得这样圆满呢？于是在自己的心里，禁不住悠悠晃晃地思索起来。然而我一点儿也不知道，他是老态龙钟，抑或朝气蓬勃的？高大壮实，抑或矮小瘦削的？喜爱说话，抑或沉默寡言的？我觉得自己也许永远也不会认识这位学者了，世界实在太辽阔和广漠，想要见到一位远在异邦的陌生人，简直是不太可能的。

哪儿想得到在前年的初冬季节，我应邀前往首尔，参加"鲁迅的文学和思想"国际研讨会时，竟出乎意料地碰见了这位著名的日本汉学家。胖胖的身躯，圆圆的脸庞，显得很丰满和健康，鼻梁上架着一副黑边眼镜，常常含着微笑的目光，透过镜片热忱地打量着人们，显得很聪颖和善良的模样。他好像是个很内向的人，不太喜欢说话。在前后两天相当匆促的会议中间，我当然也无法跟他充分地交谈，只是握手和寒暄了几回。记得是分手的那一天，我们才在旅馆的大厅里，匆匆忙忙地说了几句话，我讲到他撰写的《鲁迅：“人”与“鬼”的纠葛》，引起了有些中国学者的注意。他谦恭地点点头，局促不安地搓着双手，表示要向中国的鲁迅研究家学习，还说起在他那本学术著作的后记里面，描述了我前几年写成的学术专著《鲁迅和中国文化》。

在匆忙的接触中，我深感他这种谦逊、严谨和勤奋好学的精神，真可以激励自己更努力地读书和写作。我想在这一回晤面之后，也许永远也不会跟他相遇了。我知悉了他的学术观点，又跟他有过邂逅的机缘，这已经是谈何容易的事情，何必再奢求重逢呢？然而整个世界错综的变化，似乎是异常神奇的，简直令人难以预测。在今年春天，丸尾常喜忽然从日本打来电话，邀请我前往他任职的东京大学东洋文化研究所，评估他们对于中国问题的研究成果，并且向研究所的同事们发表学术讲演。我原来就很想了解日本汉学研究的情况，当然是高兴地答应了下来。完成了一切的准备工作之后，我终于在9月中旬抵达东京，开始跟十多位来自好几个国家的学者，聚集在东京大学的校园内，忙忙碌碌地翻阅着这个研究所里的许多学术论著，聆听着日本学者详尽的介绍。这些朋友真不怕辛苦，花费毕生的精力去从事研究，像我看到的《仪礼》注疏和对于道教渊源的考察这些课题，都做得那样的细致和系统，着实使我这个中国人感到惊讶与钦佩。

我曾在丸尾常喜的研究室里徘徊过，刚推开大门，就瞧见一个像屏风那样挡住视线的玻璃书柜，里面排列着许多中国古代的典册，散发出一种往昔和遥远的气息。绕过这高高耸立的书柜，在左右两侧的墙壁面前，依旧是竖立着高高大大的书柜，也摆满了重叠在一起的许多图书。屋子中央长长的桌子上，更是堆压着来自华夏的书籍。窗外璀璨的阳光，照射着花园里的花卉和树木，也照射着屋子里中国的书本和报刊。一个地地道道的日本人，整天钻在这些浩瀚的典籍中间，翻阅、查找、摘录和思考着，当然会对于中国的历史和现状，形成豁然开朗的见解。在东洋文化研究所这座米黄色的小楼里，多少日本学者徜徉于华夏文明的氛围中间，有时沉思冥想，有时在内心中剧烈地震颤，有时跟同行们大声地争辩。他们多么想精确地描绘出中国这古老而又年轻、复杂而又单纯的心灵。

丸尾常喜孜孜不倦地研究和撰述了几十年，懂得许多关于中国的奥秘。他深感这有着古老文明的邻国，应该通向合理和健康的现代化目标。他的得意之作《鲁迅:“人”与“鬼”的纠葛》，就蕴含着自己精心的思索，提出了致力于全体国民思想文化素质和伦理道德情操的升华。他尽管已经获得了明白的答案，却还在不断地琢磨，这正是他生命中最大的欢乐。那一天在他公寓的客厅里喝酒时，我席地而坐的位置，恰巧面对着那间宽阔的藏书室，从敞开的门口，隐隐约约地瞧见了堆放在里面的书本。他的夫人从厨房里端出生鱼片来，笑眯眯地告诉我说，他常常躲在里面，悄无声息地寻觅和查找材料，天空就渐渐黑了下来。

这喜欢埋头思考的学者，却也潜藏着一颗热烈的心。记得在我们抵达札幌的当夜，跟北海道大学几位年轻的汉学家聚会时，大家碰杯畅叙，开怀饮酒。他也豪兴大发，举起斟满的酒杯往嗓子里灌，还高声唱着日本民歌《原野上的花朵》，脸涨得红红的，一双眼睛在晶亮地闪烁，也许正向往着去原野里漫游，去观赏许多美丽芬芳的花儿。

次日黎明，我们搭乘当地朋友的汽车，迎着金黄的朝阳，迎着碧绿的杨树，迎着鲜艳的野花，奔向北方的海岸。在车轮滚滚中，一座尖尖的山脉突然矗立在远处。丸尾常喜提醒我们赶快下车，站在初秋季节的凉风里眺望。他挥起手臂，指着山峦顶巅点点的白雪。瞧他这副神往的表情，像是要立即攀缘上去，再引吭高歌一番，唱出心里的渴望和追求。昨天深夜里，他悄悄地告诉我，儿女的婚事都已经办完了，在剩下的岁月中，得专心致志地登上学术研究的高处。今天此时望见了耸入云雾的山峰，他的心里怎么能不激动呢？

我在首尔认识丸尾常喜时，感到他是一位沉稳、内向和理智型的学者；这一回在札幌结伴同游，才领略了他诗人的气质和浪漫的心灵。也许因为是智慧与热情的融合，他才会这样丰盈和深邃地理解中国的历史轨迹。

离开札幌的那一天，我们在街头漫步，瞧见有一辆敞篷的大卡车，停靠在覆盖着绿荫的街心公园旁边。一个穿着黑色西装的中年男子，站在卡车上大声叫喊，像是发表什么煽动性的讲演。丸尾常喜皱着眉头告诉我，这是反对承认日本发动侵略战争的右翼团体，正在组织游行示威。他很严肃地提醒我，千万不要接受他们散发的传单。果然有两个拿着传单的黑衣女子，正在卡车底下游荡。

丸尾常喜迈开大步，陪着我绕过卡车，脸上流露出凛然不可侵犯的神色。我默默地望着他，被他这种决绝的态度感染了，觉得在正义与谬误的对峙中，确实应该鲜明地显示出，自己永远站在被侵略和被损害的人们这一边。他这一双炯炯放光的眼睛，像熊熊燃烧的火焰，在我心里闪亮着，使我深深地相信，他日后撰写的许多文字，肯定会执着地宣扬自己所服膺的真理。

许世旭印象

一

前年冬日的一个早晨，当我默默地坐在办公桌旁边，翻阅着从各地寄给自己的邮件时，竟发现了一封来自首尔的信。在那座陌生和遥远的大城市里，我既没有亲戚，也没有相识的朋友，不知道是谁寄来的？赶紧拆开信封，铺平信纸，一目十行地阅读着这封打印的信，原来是那儿的“随笔文友会”，将要举办国际性的散文研讨会，邀请我以“演士”的身份，出席这个隆重的会议，发表一篇展望东方散文前景的讲演。

我与首尔的学术和文艺界，从未有过任何的交往，猜想起来总是哪一位主持其事的学者或作家，阅读过我的散文作品或有关论著，多少在心里留下了一丝印象，才会寄给我这个请柬的吧？请柬底下写着联络人的名字，是高丽大学的许世旭教授，于是我又猜想他长得什么模样，是魁梧壮实的，抑或矮小瘦削的？是抒发着深情的诗人，抑或是闪烁着机智的哲人？有一天，我去现代文学馆借书，很偶然地发现了他的诗集《雪花赋》、散文集

《城主与草叶》以及《许世旭自选集》。我抓住这三本书，像故人相逢似的，津津有味地读了起来。一位异邦的作家，竟能挥洒着复杂和艰难的汉字写作，这不能不说是文学史上的奇迹。正像台湾诗人痖弦在《城主与草叶·序》中所说的那样，许世旭多少有些类似郎世宁或小泉八云，一个意大利人用中国的毛笔作水彩画，一个爱尔兰人用日本的文字从事写作，竟都会使得不少的鉴赏者，误以为他们是中国或日本的艺术家。据说许世旭也曾被中国大陆的有些读者误认为是海外的华人作家。

这种误会肯定还有着内在的原因。就说许世旭的散文吧，从它的字里行间，有时还真可以感觉到《国策》或《史记》的那股豪气，陶渊明或李商隐的那种情韵，而最使我感动的更在于他这颗热忱和执拗的心，总在苦苦地追求着善良和完美的人生境界。

我始终憧憬着司马迁那种“读其书想见其为人”的精神追求，于是又出神地猜想着许世旭的声音笑貌和风度举止，觉得他也许是喜欢昂着头，甩开胳膊，迈出大步，潇洒地走路的吧？当我正猜测着这位诗人的相貌和心态时，他曾多次来信，就护照签证和购买机票这些技术性的问题，详尽地跟我磋商。这就把我从幻想的云端里，拉回到了熙熙攘攘的人间。我真佩服他办事的能力，既是一丝不苟，却又讲究效率。他完全不像我这样，做起事情来不是拖泥带水，就是丢三落四。

去年夏天，在我即将飞往香港之前，许世旭打电话到我家里来。听他爽朗和豪放的嗓音，觉得他应该是个身躯高大的人儿。他从容而又欢快地告诉我，从香港转往首尔的飞机票，他已经办妥了一切手续，只要走下从北京前往香港的飞机，就可以直接跨上转去那儿的飞机，他还再三地强调，一定会在首尔的飞机场等候和迎接我。我挂上电话，回忆和吟味着他豪情满怀的声音，觉得似乎是完全领略了他的风采。多么感谢他热情和周到的安排。我久久地沉醉在一种充满了知音之感的情思中间，为什么对一个从未见过面的异国朋友，会这样不辞劳苦地张罗和款待呢？不知道这究竟是一种什么样的情感？真使我觉得神秘而又亲切，旷远而又缜密，使我感到了生活的无穷魅力。

当我抵达首尔，跟他初次晤面时，竟意外地发现了，他明显比我长得矮小。那副宽阔的脸庞，显得异常的白净和俊秀。在弯弯的眉毛底下，一对细长的眼睛，亮晶晶地张望着大家，多少有点儿像《史记》里描摹的张良那样，“状貌如妇人好女”。不过瞧着他侃侃而谈和洒脱不拘的举止，似乎在跟多年不见的故人促膝长谈，这就又像是司马迁笔下的豪侠那样了。我顿时觉得有多少心里的话儿要跟他畅叙一番，可是客人实在太多了，时间也实在太匆促了，这初次的相遇无法展开尽情的交谈，使我的心里觉得十分遗憾。然而他那颗滚烫的心、那种激昂慷慨的豪气，却始终保留在我的记忆中。

二

许世旭是这个国际性的散文研讨会中最活跃的人物，不仅要来往奔波和多方周旋，张罗着来自国外和国内许多散文家的生活，他还是十位发表讲演的“演士”之一。当他坐在摆满鲜花的主席台后面，从容镇静地讲着《韩中现代随笔的发展过程比较》时，真是说得抑扬顿挫，头头是道。我立即想起《孙子兵法》中“动如脱兔，静如处子”的这句话。这位诗人既是出色的社会活动家，又是渊博和睿智的学者。

会议开得很严肃和认真，当每位“演士”报告完毕之后，多少与会者都提出了各种各样的问题，进行探讨和诘难，这样就不能不触动大家思考关于散文的许多重要问题。为了调剂这种紧张和令人疲倦的过程，在夜晚的宴会上，许多散文家高兴地碰杯喝酒，捉对儿交谈。还有几位女散文家自告奋勇地站起来，高声唱着韩国的民歌。

人们的情感逐步地升向高潮，欢乐的声音像一阵阵波浪似的荡漾着。许世旭霍地从餐桌旁边站起来，迈开大步走向人们的中央，敲响了早已竖立在那儿的麦克风，倾诉着对国内外不少朋友出席这个会议的感激之情。他喜气洋洋地说完之后，就指定我接着致辞。我赶紧放下手里的刀叉，在热烈的掌声中走到他身边，心里激动得像刮起了一阵飓风似的，诉说着雄壮而又秀丽的首尔，留给自己异常美好的印象。诉说着当地的不少学者和作家，对自己诚挚和热忱的款待，更是在心坎里燃起了青年时代火一般的激情。这一回在首尔的旅行，常常使自己想起那首旋律优美的美国民歌《把我的心留在旧金山》。再过几天，我就要回到自己国家的土地上，继续度过思考和写作的生涯。不过我的这颗心，确乎已经留在首尔的朋友们中间了。

我的每句话都出自肺腑，都流露出藏在自己心里的情怀，因此当许世旭还没有翻译完毕时，我就抑制不住地想流泪，不过这绝对不是悲伤的眼泪，而是出自内心的感激和欢欣。等他翻译完毕了，全场响起长久的掌声，我深知这绝对不是因为自己善于辞令，而是大家接受了我寻求友谊的情感。这时候他突然伸出胳膊，紧紧地握住我的手，眼眶里湿漉漉的，于是我觉得更理解了这位异邦的诗人。

开完了这个国际性的散文研讨会之后，许世旭约我去高丽大学讲演。他亲自主持会议，要求听讲的几十位博士研究生，在认真地听我讲完之后，得多多地提出问题，进行细致的讨论。果然像他要求的那样，我刚简略地介绍完自己的一些学术见解，好几位年轻的学者就都提出了质疑，我也尽可能详尽地作出回答。会议结束了，大家刚走散，他就向我表示，同学们的思想还没有放开，提出的问题还不够多样和深入。听着他的话儿，我又觉得他是一位极端负责的教师，一心一意追求着启发学生们不断地进行思考。

就在那一天，他约了几位同窗和高足，陪我一起到他的府上去晚餐。我们坐在宽敞的客厅里，欣赏着挂在墙上的那幅水墨画，墨笔画出的树枝，显得多么挺拔苍劲。红笔洒下的一朵朵梅花，又洋溢着一股蓬蓬勃勃的生气，旁边有一行汉字写道："只因心中有爱，便不得不尽情尽兴地开放"，十分贴切地表达了他豪迈奔放的诗人风骨。我历来讨厌吞吞吐吐，躲躲闪闪，扭扭捏捏，嘀嘀咕咕，这样不等于是白活了一生？因此分外喜欢自己所追求的此种人生境界，这样活着该有多么的舒坦，该会从心里迸涌出多少真诚的情趣。

在这位喜爱尽情和尽兴的诗人家里，我们大口饮酒，大块吃肉，大声欢笑。许世旭笑嘻嘻地瞧着大家说："我们不少朋友都读过林先生的文章，却不知道林先生是怎么样的人，是我主张邀请他来开会的，这下子可见到了他本人，而且大家都跟他谈得很投机，这样的学术交流是最好不过的了。"说罢又得意地笑开了。

瞧着他张开嘴儿欢笑的表情，我懂得了他跟自己有着同样的心情，也是"读其书想见其为人"啊！他多么想读遍世上的书籍，走尽天下的山川和广交人间的知音，这是一种多么宏大的豪兴啊！

三

去年 12 月，许世旭应邀在重庆的西南师范大学开讲"中国新诗”，讲完了这个课程之后，兴冲冲地买棹东下，出三峡，登庐山，然后飞来北京。于是在十多天前，我们又高兴地见面了。两个人紧紧地握着手，相互注视着对方的脸庞和眼神，似乎都想把心里的话儿完全掏出来。

因为刚游历过庐山，那茫茫的云雾，似乎还在他的眼前飘浮着，他欢欢喜喜地告诉我如何在苍翠和幽静的山谷里轻轻漫步。最使他心满意足的是，走访了陶渊明的故乡，寻觅到了这位东晋诗人的坟墓，还在那儿凭吊了一番。他在多年前曾撰写过陶渊明的年谱，评论过陶渊明的诗歌作品，当时就梦想过去漫游陶渊明的家乡，却又觉得这个梦太渺茫和荒唐，今天圆了这个缭绕过自己半生的梦，实在是一件最大的快事。

更使他欣慰的是，中国大陆的一家出版社刚印出了《许世旭散文选》。他把这本装帧精美的小册子，摊开在我的面前，提醒我仔细地品味一番。他自己始终在出神地打量着这本书，深情地诉说着当年在台湾师范大学读书时，谢冰莹手把手地教他写散文，还将他的习作推荐给一家报纸发表。正是从这个起点出发，他终于成为台湾读者熟悉的诗人和散文家。

他说起谢冰莹来，煞像是远方的游子，怀念着自己慈爱的亲人，说话的声音也开始有点儿颤抖了。我早就读过谢冰莹的作品，却从未有过见到她的机缘。瞧着许世旭虔诚和敬仰的神情，瞧着他眼眶里晶莹的泪光，我的心里也有点儿激动起来。顿时想起多少位恩重如山的老师，引导自己走上了辽阔和浩瀚的人生之路，我确乎是完全懂得他这种也常常在鼓舞着自己的情思。

我祝贺他的散文集在中国大陆出版，希望海峡两岸有更多的读者，都喜爱翻阅他的作品，更希望他以异邦学者的身份，为海峡两岸的文学创作和研究工作，作出更多的贡献。凭着他渊博的学识，尤其是凭着他热爱中华民族优秀文化的那颗赤子之心，正像他《很想长啸》这首诗里说的那样："天涯那边，必有人回应我。"

许世旭这一回前来北京，短短的几天中，要走访不少朋友，实在是风尘仆仆，异常劳累。除了他自己去看望年迈的诗人卞之琳和去北京大学中文系座谈外，我还陪他访问了北京师范大学的郭志刚等好几位教授。因为他的启蒙老师谢冰莹卒业于女师大，而女师大后来又合并于北京师范大学，因此当我们走进这所美丽的校园时，他充满了一种挚爱的感情。在座谈会上，他激动地叙述了自己在台湾师范大学，起步学习中国文学和撰写《韩中诗话渊源考》《中国古代文学史》《中国近代文学史》的经过，似乎并不是偶然的。将自己受到过的恩情，看得分外的厚重和崇高，这也许正是东方人共同的文化气质吧。

我还陪他去探望了冰心老人。面对面地坐着，闲谈着不少关于人生和审美的事儿。当随意地说到"女性美"的时候，冰心赞成"自然美"，他却主张"苗条美"。在交谈的过程中，他从书包里拿出自己在台湾出版的散文集《城主与草叶》，恭恭敬敬地签上名字，双手递给冰心，冰心很高兴地翻看着。

许世旭瞧着冰心陶醉的眼光，心情很舒畅地说道："我学着用中文写作，写得不好的地方，您可以骂我。"

"我怎么能骂你呢？当然我可以提出自己的看法。"冰心摇摇头，爽朗地笑着。在她那颗仁爱和宽厚待人的心里，肯定是将骂人看得相当可怕的。

说得兴起了，许世旭又将自己撰写《中国现代十诗人论》的进展情况，简略地向冰心作了介绍，告诉她书稿的第一章就是《冰心论》。说着这些话儿时，他脸上笼罩着一种兴奋和自信的神色。我深信在当面见到敬仰了几十年的冰心之后，他会把这个章节写得更丰腴和生动的。

告别了冰心，我们又辗转去寻找绿原的住处。也许是太匆忙和激动了，他一不小心，竟将自己的行囊轻轻掉在地下。随着一声玻璃摔破的声响，我们的脚旁竟流满了水纹，还袭来一阵扑鼻的香气。原来藏在那里的一罐马祖大曲，被摔碎了瓶儿。

许世旭赶紧打开行囊，取出摔坏的酒瓶，抹去渗出的白酒，不住地摇头，叹息着自己从台北带回首尔的这瓶名酒，带着它游历了重庆，攀登了庐山，飞来了北京，是一心想送给绿原品尝的。沿途也始终都安全无恙，料不到即将跟绿原晤面之时，却在无意间化为乌有了。怎么能不使他相信，冥冥中会有谜一样的命运？

等我们在绿原的家中坐下了，行囊里依旧散发出浓郁的酒香。许世旭眼睁睁地瞧着这位首次见到的诗人，滔滔不绝地诉说着自己仰慕已久的情怀。也许同样是因为实现了“读其书想见其为人”的夙愿，才会显得如此激动不已的吧。

世旭比我年轻三岁，也快近耳顺之龄了，却依旧是孜孜不倦，想阅尽人生的奥秘，想追求充满了知音之感的友谊，这真是一种洋溢着青春气息的心态。凭着这一点，我深信他一定会写出更多研究中国文学的论著，并且还将运用中国的文字，写出更多的诗与散文来。

辑四

武夷山九曲溪小记[1]

怎么会有这样弯弯曲曲的溪涧，缠绵地围绕着苍翠的山崖？怎么会有这样清清秀秀的丘壑，紧密地偎依着碧绿的流水？我竟怀疑自己是否在缥缈和朦胧的梦里了，轻轻地揉了揉眼睛，又放下双手，拍击着竹筏两侧的溪水，如梦如醉的幻觉才渐渐消失，分明感到这是白昼的游程，而且还深深地领悟了，山和水本来就应该是拥抱在一起的情侣。

然而我到过天涯海角，却还没有瞧见像这样朝朝暮暮，相亲相爱，欢聚在一起的山和水。这深情地荡漾着山峦倒影的微微水波，这倾心地张望着一汪碧潭的小丘小壑，似乎永远都默默地诉说着蕴藏在心里的爱情。

这山光水色的情侣，美丽得玲珑剔透，娇小妩媚，实在太迷人了，谁只要瞧上它一眼，肯定会留下刻骨铭心的印象，成为终生难忘的回忆。

---

1 本文入选《全日制普通高级中学语文读本（必修）第三册》，人民教育出版社 2000 年版。

竹筏飞也似的往下游移动着，哪里来得及细细地咀嚼和回味，还是静静地坐着，默默地张望那密密层层的树木和重重叠叠的峰峦，纷纷扬扬地掠过自己眼前，真让我应接不暇。这滚圆的山顶，是古代抑或异邦的城堡？而紧挨着城堡挺立在那儿的，难道不是一匹体魄庞大的骆驼？瞧它昂着头，耸着背，像要跟随我乘坐的竹筏一起向前迈步，多么的坚强，充满着毅力，永不止息地跋涉。

我刚才瞧见的，还是蕴含着一股俊秀之气的景致，顷刻间却又迎来了这刚劲和健壮的象征。我怀着满腔的激情，仰望这骆驼背后湛蓝得像大海似的天际，只见一团团的白云，冉冉地飘浮着，我顿时又醒悟了，美还应该是辽阔的，无边无际的。真得感谢这武夷山的九曲溪，瞬息间就给了我多种多样的美感。

在小溪里不住翻滚着的旋涡，奔腾得更湍急了，更汹涌了，原来是一座低矮的峰峦，在这儿拐过弯去，流淌的溪水砰訇地冲撞着它。我赶紧伸出手臂，抚摸着它凹凸不平的缝隙。这近在咫尺的峭壁，多么像一块颀长和端庄的石碑，千万年来始终在这儿亭亭玉立，脉脉含情。尽管它没有任何文字，尽管它不会曼妙地歌咏，却蕴藏着多少让人们猜测和感喟的沧桑往事。

还来不及开始思索，竹筏又顺着弯道向下游漂去。只见绿茵茵的草地后面，那一片高高耸起的竹林，多少青翠欲滴的叶子，在微风中飒飒地摇曳。这蓬蓬勃勃的万绿丛中，还无声无息地矗立着一座峭岩。在它逶迤起伏的石壁上，像是曾被力大无穷的壮士，挥舞着手中的利剑，刻画出数不清的印痕。于是这幽深和静谧的峡谷，不仅使人沉醉和痴迷，还鼓荡着一股壮怀激烈的豪气。

竹筏又掠过一列比城墙还光滑和高耸的峭壁，只见那硕大与壮丽的暗红色巨石，绵延着横亘在小溪之滨，约摸有半里之遥的路程，巍然屹立，气势磅礴，也许是千军万马都无法将它攻克的。我真想朝着这雄伟的高墙长啸一声，还没有等自己发出声响，却已有多少乘着竹筏的游人，争先恐后地叫喊起来。这高亢的男声，这悠扬的女声，像多少箭镞似的，一起射向平坦的岩壁，立刻又被弹了过来。这些震荡的回声融会在一起，像一曲交响乐似的，充满了欢乐的向往与惊讶的赞叹。多么秀丽和神秘的山水，把前来接受洗礼的远方游子，几乎都变成了潇洒而又钟情的诗人。

九曲溪的水啊，你流得太匆促了，让竹筏无法静静地停留，也让我无法细细地鉴赏峥嵘竞秀和流水淙淙的万种风情。刚抬起头还没有看够山崖的姿态，这碧带缭绕似的溪涧，又飞也似的消逝了，要是能多长几双眼睛就好了，可是现在怎么办呢？只有暂时把眼光离开这奇异的峰峦，低头多看一眼柔情脉脉的碧水。

同样是神秘莫测的九曲溪，刚才还瞧见清澈的浅滩，多少浑圆的石子、方正的石块和棱角歪斜的石板，纷纷点缀在沙粒和泥土的顶部。几条乌黑的小鱼，悠然自得地游弋着，大概不会知晓自己被日光折射出的影子，也在水底晃动着。我把手伸进水中，抓住了一块有缘相识的碎石，还溅出一阵晶莹的水珠，却抓不住摇摆着尾巴，翕忽离去的这一群小鱼。它们又在几茎青色的水藻中间，无忧无虑地嬉戏了。

然而当竹筏转过弯去，就又让我浮游于碧澄的深潭上面，波平如镜，水光潋滟，绿油油的，亮闪闪的，映照着苍翠的丘壑，映照着紫褐的悬崖，映照着飞过天空的小鸟，映照着蹲在竹筏上的多少红男绿女。

听说在有的地段，这迷人的碧水，竟深达六七丈之多，得有四五层楼房的高度。如果正眺望着旖旎的山水时，一不当心掉进绿色的深渊，死亡会立即在毫无准备的精神状态中降临。原来在笼罩着美的氛围中，寻觅、追求和浏览美的时刻，竟也悄悄埋伏着死亡的危机。向着美好境界的攀援，难道真会潜藏着死亡的险峻之途吗？这似乎有点儿危言耸听了，不过比起躲在狭窄的小屋里，或者只在湫隘的街道上行走，确乎是一条相当艰险的路。难道为了惧怕这偶或袭来的危险，就不再去寻觅和浏览迷人的山水，这不是太遗憾了吗？

正在不知所云地幻想时，我乘坐的竹筏已经冲过峡谷，掠过飞溅的浪花，在浅浅的沙滩上漂浮起来。于是我又抬起头，从容地张望这拔地而起的山丘，有的像折成好几叠屏风似的站立着，还有的像即将启碇的船舶一样昂扬着；更有的像紧紧收敛着翅膀的金鸡，在群峰的顶巅报晓；像高昂着头颅的猛虎，在弥漫的云雾里呼啸，是它唤来了满天的烟云吗？怎么刹那间就只见白茫茫的一片，飞快地滚动着，奔腾着，扩展着，遮住了所有的丘壑。我自己也像被这大海的波涛包围住了，怎么顷刻间就将这玲珑娇小的丘壑，变成了无边无际的沧海呢？正激动和兴奋时，云雾又纷纷消散，竹筏也抵达了遐迩闻名的玉女峰底下。

在湛蓝的天空和灿烂的阳光下面，我凝神张望着这挺拔的峭岩，好一派稚嫩和洁净的鹅黄色，真是光彩照人，而峰顶葱茏的草木，又宛若美女头顶的玉簪。也许正是这样的缘故，才被人喊出如此娴丽的称号吧。两条从上到下的缝隙，深深地镌刻于这俊秀的岩壁，像是将它分成了高矮参差的三截。右侧两截耸立的山崖，也许是千万年来被风雨剥蚀的原因，竟像是曾有技艺高超绝伦的雕塑家，在这儿镌刻出好几根巍峨壮观的石柱，而在这些顶天立地的圆柱中间，似乎有无数的回廊和大门，通往虚无缥缈的宫殿里去。左侧最低矮的这块岩石，圆滚滚的顶儿，横着两道细小的缝隙，隐隐约约地像个慈祥和蔼的老人，正眯着双眼，站在雄壮的穹门旁边。

真是的，左瞧右瞧，反复揣摩，都看不出少女般亭亭玉立的模样，是谁给它取了这个玉女峰的名称？为什么会传诵得如此的响亮？是不是因为几乎人人都钟爱美丽的少女，于是对这个不太贴切的名称，也高高兴兴地认可和接受了？然而每一个人都应该赋有自己独立的审美眼光，对每一种美丽迷人的山光水色，都必须说出自己心里的印象，唤出最能够传达它神韵的声音，这就一定要改变人云亦云和盲目服从的习惯。我多么希望每一位前来武夷山漫游的朋友，都好好运用自己的眼睛去观看，运用自己的心灵去感受，把这九曲溪畔的三十六座峰峦，都叫出一个最确切和美丽的名字，都唱出一支最睿智和激越的歌儿。

正在思忖间，竹筏已经停泊在高高的大王峰底下，于是悄悄地跨上岸去，一双眼睛始终离不开这座迷人的悬崖，真不明白怎么会有如此奇异的形状？它纤细的腰部，竟托起了宽阔的顶巅，像一朵硕大无比的鸡冠花，开放在白云飞卷的半空中。在平整和光润的岩壁上，还可以看出有一道裂罅，从顶端贯通下来，像是勾勒出两幅左右并列的图画，多少纵横交错和雄浑深沉的线条，多少蓊郁茂密与青翠如碧的草丛，似乎在微风里轻轻呼叫着我。几棵孤独的小树，攀援于悬崖顶巅，不知道在飘浮的云彩中，沉思冥想着什么？我真的不懂得，为什么大自然的鬼斧神工，能够挥洒出如此苍莽寥廓的境界？大概因此才有人很崇敬地称呼它为“大王峰”，这确乎是很容易理解的。

那么钟灵毓秀的人们，也应该坚持不懈地去创造美，去建树新颖和神奇的人生历程，而决不要跌落在平庸与琐屑中间，浪掷自己的青春和生命，这就是武夷山九曲溪给予我的深切启示。

九寨沟纪行[1]

一

已经闻名全国的黄龙美景，静悄悄地藏在玉翠峰底下的峡谷里。穿过一片苍翠的松林，就可以看到涓涓的流水，从倾斜的乳黄色山坡上，隐隐约约地淌了过来。

这银白色的水流，淌得这么缓慢和细微，虽然分成了几股支脉，却也遮不住那黄色的山岩。我往山顶望去，只见这一长条乳黄色的山坡，莽莽苍苍地夹在郁郁葱葱的山谷中间，夹在飘飘荡荡的云雾底下，简直看不到尽头。听一位来此重游的旅伴说，水势旺盛的时候，一股激流像从天而降，在山岩上迸出的浪花，纷纷溅在人们的身上，真够雄奇的。只怪自己没有碰上这样的机缘，摇了摇头，沿着搭在山岩旁边的栈桥，穿过一丛丛的杜鹃树，张望着枝头盛开的红花，往山顶攀去。

走不多远，在一棵硕大的红桦树底下，瞧见了一个绿色的

---

1 本文入选《初中语文自读课本》第六册，北京师范大学出版社 2002 年版。

水塘，真像绿宝石那样熠熠闪光。走近岸边，俯着身子细细地瞧，这水又变得没有任何颜色了，竟像阳光底下的空气那样，清澈、透明和稀薄。池塘底部那浅灰色的岩石，像满地的积雪，像天空的乌云，可是这一汪在微风里轻轻荡漾的池水，却为何凝成了如此迷人的绿色？却为何绿得那样令人心醉？对岸的一排沙柳树和背后满山满坡的青松林，把那半边的绿水，映照得更浓郁，更深沉，更使人遐想着童话般的世界。

快坐下来吧，伴着头顶上缥缈的云，迎着山谷里呼啸的风，将这碧绿的水，好好看个够。我曾云游过杭州的西湖，我也曾云游过乌鲁木齐的天池，在那里我都曾一唱三叹，流连忘返。然而只有在这布满石灰华的黄龙，我才头一回看到了绿得闪闪发光的水。这样迷人的色彩和光泽，怎么能不让人幻想着去创造美丽的生活呢？

从几千里外跋涉而来，冒着从悬崖上掉进岷江的危险，终于见到澄清和碧绿的水，实在是太值得了，实在是不虚此行啊。人应该鉴赏山山水水的美景，用这些纯洁、明朗和神奇的印象，谱写出自己生命的乐曲，使这些乐曲也变得美好、丰满和崇高，这样才无愧于自己所徜徉的大自然。

听说在这 15 华里长的山坡上，布满了 3400 多个色彩鲜艳的水塘，总得都将它们寻觅个遍。于是我默默地往前走去，在一座深壑的顶部，竟瞧见十多个水塘，曲曲折折地毗连在一起，太像那高矮相接的梯田了。每一个水塘，几乎都不会超过半亩地的面积。这四周的田埂，自然不是由农人所筑，而是溪水里的石灰华，随着自己汩汩地流淌，天长日久地凝固而成，显得十分光滑和洁净，像一座座亮晶晶的堤坝。这鬼斧神工的力量，真令人叹服。

不过更使我惊奇的，还是这些池塘都在闪烁着缤纷的色彩。同样都是从山顶流下的溪水，为什么有的是一片浅蓝，有的是一片墨绿？在黛色的池塘旁边，竟又是赭黄色的水纹和另一片淡红色的镜面？沉落在池底的树枝和树叶，都像被裹上了一层层茸茸的雪花，分明变成了海底的珊瑚。

我坐在石凳上，望着这变幻无穷的色彩，真不想再往前走了。短短的半日游程，哪儿看得完这几千个奇妙的水塘？还是静静地坐在这儿，仔仔细细地玩味和揣摩一番。如果能够将这迷人的美景，纤毫不差地搬进自己的心坎，我的生命不是可以变得十分绚丽和完美吗？我真想在这充满了色彩的水边，永远地徜徉下去。

二

比起黄龙这一方方小巧玲珑的水塘，九寨沟的 108 个湖泊，都显得浩渺和寥廓。如果说黄龙是由鬼斧神工雕成的精致盆景，那么九寨沟就是大自然本身浑厚涵茫和无比美丽的表现。那一片碧绿澄澈的水，汪洋恣肆，十分壮观，正是凭着它雄奇而又秀美的姿势，才衬出了群峰的挺拔和天空的高远。那一朵朵翱翔的白云，那一株株突兀的大树，那一簇簇鲜艳的野花，掉在多少湛蓝的湖泊里，留下了深沉而又缥缈的痕迹。

那迤遥相连的树正群海，是多么迷人的去处，沿着它绵延十余华里的长堤，一汪汪都是深蓝色的流水，有时被山峦掩映得幽深深的，泛出了暗沉沉的光；有时从一排柳树顶端泻下的日光，又将它照成柔嫩的绿色。瞧这波光粼粼，浓淡辉映，像是谁在调色板上跳起了轻盈的舞蹈。河滩上红黄相间的野花，又给这蔚蓝色的湖泊镶上了缀边。在这云蒸霞蔚的氤氲中，真使人目迷五色，像是飞进了一种无限神秘的境界。正陷入美妙的幻想时，从山坳里垂下的瀑布，白花花的，轰隆隆的，猛地把我惊醒了，又细细地品味起这变化无穷的景色来。

往前走不多远，我瞧见了更宽阔的犀牛海。好多从香港前来的男女青年，正在这碧蓝的水面上驾舟航行，欢声和笑语在湖面上升腾，顷刻间就融在鸟声与风声里。听河滩上几个香港的小伙子聊天，说是老困在高楼大厦的包围中，吸不到新鲜的空气，瞧不见广阔无垠的土地，瞧不见山山水水和葱茏的树木，从弹丸之地的小岛，来到这九寨沟的美景中，简直太使人陶醉了，说着话他们就唱起了喜悦的歌。

有个在上海留学的美国青年，操着一口流利的北京话告诉我，他几乎游遍了北美洲有名的湖泊，却还没有找见过这样湛蓝的水。他神往地眨着一双大眼，藏在眼眶里那一对碧蓝的瞳仁，闪烁出一阵多么热烈的光芒。这些游人自然都要回到大城市里去的，不过我深信他们必定会将这山壑和湖泊的美，深藏在自己心里，并且唤醒和鼓舞自己去医治现代大都市的病症：污染、噪声、挤、缺乏阳光和树木。怎么能够在现代的大城市里，也听到清脆的鸟声，也看到明亮的湖泊，也在密密的大森林里徘徊？如果每个旅游者都能从九寨沟带回这样的启示，也许会成为全世界许多大城市的福音吧。

我继续走到了诺日朗瀑布，只见那数不清的银练，有粗有细，有浓有淡，从一株株杉树背后的山崖顶上飞腾而来，沿着陡立的峭壁，往布满了沙柳树的山沟里泻去。这一道道雪白的水光，有的扭结在一起，像一朵朵垂直的云；有的分成不少支脉，像一把把寒光逼人的剑。峭壁上凹凸不平的岩石，弹出了一阵阵的水珠，像飞起纷纷扬扬的细雨，透过树叶的阳光，落在朦胧的浓雾中，折射出彩虹的颜色。我恋恋不舍地走出丛林，来到了一个分开的岔道旁边：左侧的则查洼沟，走到尽头是浩荡的长海；右侧的日则沟，走到尽头是苍翠的藏马龙河沟原始森林。听说都得长途跋涉 17 公里，才能够分别抵达目的地。

今天已经走得很累了，我得在诺日朗瀑布底下找个住宿的地方，听一夜风声、雨声和瀑布声，等黎明时分听到鸟声的奏鸣曲，再沿着葱郁的山峦，去寻找湛蓝的湖泊。

三

在则查洼沟里跋涉，真舍不得大步流星地走。道路两旁一座座高耸的山峦，竟以世间最缤纷的色彩，给游人贡献出一幅幅美不胜收的油画。山坳里的松柏，替大自然涂上了苍莽的底色，夹杂在四周的白杨和水杉，显得分外的碧绿青葱。小溪对岸的一丛丛枫树，被悬崖上掉下的日光，映照得像一团团鲜红的篝火。垂着枝叶的柳树，用自己柔嫩的绿色，像唱出一支青春年华的歌。河滩上的芦苇在微风里飒飒地响，那一片淡黄色的根茎上，摇曳着白绒绒的花，竟像是紧贴在地面上的云彩。

当我正看得心旷神怡时，忽然飞来一阵浓雾，将眼前一大片鲜艳的色彩，不由分说全遮掩了起来，山谷里变成灰蒙蒙的，失去了丰盈的颜色，也失去了自己的影子。我站在飘荡的浓雾里面，犹豫着怎样跨出自己的脚步。这时浓雾却又飘散了，剩下的一团水汽，也赶紧往树丛里逃，立即变得无影无踪。我抬头望去，只见蓝天丽日正映照着晶亮的峡谷。

一声澄亮的歌，也许是云雀的鸣叫，却找不见它的踪影，只见一对山鸡，拖着金黄色的长尾巴，在树丛里啁啾。一路上，山风呼啸，白云滚滚，像是禁不住要吟咏这神奇的山光水色。我踏着一路的岩石，来到了浅浅的季节海。为什么从山崖里流出的清水，淌过这平滑的河滩，就泛出了一阵阵的绿光呢？我伸出手指，触摸着水底的拢滩，张望着一块块白色的石灰华，这儿没有苔藓，也没有水草，正是它变出了碧绿的水。

小小的五彩池更是奇妙了，一潭碧水，藏在几棵松树底下的洼地里，映照着浮云的白色，野花的鲜红和森林的墨黛，一起都在日光里闪耀和旋转，千变万化，令人眩目。这里流传着一个美丽的藏族神话，说是身高 4000 多米的达戈山勇士，热恋着也是颀长的沃洛色莫山女神，用风和云打磨成一面宝镜，送给她用来梳妆打扮。有一天，达戈去探望她，在激动和狂喜中，她慌张地跌落了手中的宝镜，摔碎在山谷里，成了 108 个湖泊。我已经瞧见的不少湖泊，如果说是硕大的镜子，那么这明媚、鲜艳、秀丽和神奇的五彩池，真可以说是小小的玻璃碎片了，不过它同样也都显得如此的美，总因为是留下了女神绝世的容颜吧。

在前边不远的长海，比起这五彩池来，真是一座辽阔的湖泊。一汪青色的湖水，却也平静得像镜面似的。往远处望去，只见一片浩瀚，熠熠放光，对岸的山峦隐约可见，满湖碧水从那挺立着的峭壁旁边，转过自己宝石似的身躯，轻轻地流淌而去。假使能够乘一叶扁舟，也在这绿水上折往背后的山峰，该是多么令人神往，可惜湖里空荡荡的，只好默默地站着，幻想着去攀登对岸的崇山峻岭。

这围住绿水的群峰，凝聚着一团团雪白的浓雾，渐渐笼住了树，笼住了山，笼住了蓝天，笼住了整个湖泊，终于化成一阵细雨，在我头顶飘扬起来。我撑着小伞，张望着岸边一株挺立的柏树。树干左侧的枝叶都已枯萎，右边却还伸出了明亮的绿叶。传说这是一位藏族猎人的化身，他为了拯救被恶龙劫走的少女，在搏斗中被那恶龙抓断了左边的手臂。这充满了正义感的勇士，忍着伤痛，朝朝暮暮站在长海边上，要跟恶龙决战到底。面对着这傲岸的身躯，真让人从心里生出一种崇敬的情怀。

每一方的山水，都涵养着每一方人的精神。我多么想在壮丽的长海之滨，把它的美质和气概也都领略个够。

四

黎明，汽车从诺日朗瀑布出发时，仰望着暗蓝色的天空里，还可以找到几颗孤独的星星，在夏日的寒风里闪烁。刚走到碧波晃荡的镜海边上，突然从山峦的顶端，飞来阵阵的浓雾，遮住了湖泊，遮住了树林，遮住了山岭，遮住了眼前的一切。汽车像是在朵朵的白云里颠簸，快要抵达藏马龙河沟的原始森林时，云雾才散开了，只见峡谷两边的悬崖上，覆盖着皑皑的白雪，阴沉沉的天空里，又纷纷扬扬地飘起雪花来，多么轻盈和柔情，掉在苍翠的青松株上，顷刻间就将深绿色的山野，染成了一片银白的世界。

吹来一阵凛冽的风，把云雾和雪花都刮得干干净净，拨开头顶上湛蓝的天，露出了一团火球似的太阳。在清澈的阳光底下，我们这群旅游者乘坐的汽车，终于到达了原始森林的边缘。

一簇簇参天的云杉，摇晃着碧绿的枝梗和嫩叶，像是在欢迎远方的客人。

穿过一行行白桦树底下的小径，我踏着白雪，踏着青苔，踏着飘落的树叶，踏着锋利的岩石，走进了密密的森林。我站在高高的云杉树底下，抚摸着被熊猫啃光了叶子的箭竹，想透过蓊郁的树丛，寻觅天空里的日光和云彩，却无法找见它们完整的影子。当我低下头，想寻觅同来的旅伴时，却也找不见他们的踪影，不知道究竟躲在哪儿了。

在这无边无际的原始森林里，只听到呼啸的风声，簌簌的树叶声，却听不到人声，瞧不见人影，也找不到很想瞧见的熊猫，只剩下我独自一人，悄悄地漫步。我在城市里生活了几十年，不管走到什么地方，总是瞧见人挤着人，中国的人口实在膨胀得太厉害了，像九寨沟这样安静的地方，真是很不容易找见的。我多么想在这儿长久地坐着，多闻一下峡谷里野草和树木的芬芳，多闻一下清香和纯洁的空气，好把尘世的纷扰和混杂的噪声，一股脑儿都暂时忘却了。

这高山上的原始森林，真是个变化无穷的地方，我刚才还从树叶的缝隙里，看到掉落的一缕缕阳光，一会儿却又乌云密布，浓雾滚滚，像是夜幕降临了，树林里幽暗得真有点儿令人害怕，能在这儿露宿过夜吗？正在惊惧中间，四周却渐渐明亮了起来，原来是飘着一片片的雪花，还夹着霰粒，飒飒的，啪啪的，打在红桦树上，打在我脸颊上。我正想躲避时，太阳光亮晶晶的，像多少璀璨的珍珠和玛瑙，在闪闪地发亮。

我想起了一路上见到的淘金者，想起了世界上有多少人在贪婪地谋求财富和权势，不知道他们可有工夫在大自然中徜徉？而且在山光水色中云游之后，会不会得到足够的乐趣，多少净化一点自己的精神？人类究竟应该怎样在大自然的怀抱里，在纷纭复杂的社会生活里，让整个世界变得更美好呢？如果不是这样的话，活着又有什么意义呢？

当我正在冥想时，几只云雀冲上了天空，迎着明媚的阳光，清脆和嘹亮地鸣叫着，打断了我随意的思索，于是我坐在林间的空地上，尽情地品味起大自然神秘的气息来。

五

从藏马龙河沟原始森林回来的路上，我终于瞧见了五花海的美景。清晨路过的时候，早就闻名的这一片湖泊，被满天的云雾笼罩着，还未曾露出自己绝代佳人似的容颜。

为什么从这一汪迷人的碧波里，竟泛出了湛蓝的涟漪？像一粒粒璀璨的宝石，像一块块蓝得发亮的天空，给宁静和纯洁的碧波，抹上了多少神奇的色彩。在荡漾的微风里，我仔细地往湖面看去，只见那澄清的碧波，竟是深一层，浅一层，浓一块，淡一块，真正是千姿万态。而在这明澈的碧波底下，一株株躺着的树丫，像是许多雪白的珊瑚，诉说着大海里的童话故事。在这一串串珊瑚顶上，晃动着紫色的光点，粉红色的云霞和鹅黄色的树影。为什么在五花海里，蕴藏着这么多迷人的颜色呢?

当白云飘过山峦的顶端，万顷碧波中又浮动着乳白色的倒影，衬着这白茫茫的一片，旁边的碧波显得更明媚和鲜艳了。往远处望去，对岸山坡上黄杨树的倒影，在绿水中间轻轻摇荡，一簇簇浅黄色的光影，缥缈而又朦胧，还有那一束束墨黛色的光柱，悄悄地竖立在里面，原来是一棵棵枞树的倒影。这一团团蓝色的光波，密密层层地凝聚在一起，竟像是从未见过的海市蜃楼，在蓝天和白云底下，不断地变幻着色彩与光泽。

当太阳冲出云围，在蔚蓝的天顶露面时，立即像一团火球掉进了碧清的湖泊中，炽热的火焰被撕得粉碎，闪烁出数不清的阵阵金光，有的像孔雀的翎毛，有的像火树银花，有的像满天的星光。我曾神往过法国的印象派绘画《日出印象》，惊叹于莫奈竟如此敏捷地捕捉住光和影瞬间的变化。比起《日出印象》凄清和迷茫的光影来，五花海的颜色简直太丰富了，太浓郁了，像多少绘画大师永远都用不完的调色板，真是变幻无穷，神秘莫测。

当我离开五花海的时候，它已经变成了一幅充满色彩的油画，永远悬挂在我的心坎上了。如果有谁要问我，什么叫作色彩的美?我就可以大彻大悟地告诉他："你上九寨沟去看五花海吧！"

在五花海看完了大自然最美丽的色彩，我就兴冲冲地走往珍珠滩。这一湫洁白和冰莹的溪水，从岩石嶙峋的河滩上倾泻而过，真像是一道光亮的长虹，从半空里掉入了山谷中间。这寒气逼人的白光，这砰訇震响的声音，这急湍奔腾的雄姿，真使我有些肃然起来。

从岩石间不住地溅出点点浪花，多么像迸出了一颗颗玲珑的珍珠。多少年轻的小伙子和姑娘们，卷起裤管，提着皮鞋，光着脚在凛冽的珍珠滩上嬉闹。我瞧着他们活泼的背影，走过了架在水上的栈桥，往山峦的背后信步而去。在这珍珠滩的背后，原来是一座挺立着的悬崖。于是哗哗的流水，纷纷在这儿争夺着前进的路，飞快地越过崖顶，一起都跌落下来，聚成了一道道银色的瀑布。有的像一面面折光的镜子，有的像一张张晶亮的窗帘，有的像一根根玛瑙的柱子，有的像一把把锋利的长剑，透过这些明净的水流，可以瞧见山洞里一株幼嫩的青松，显得分外的苍翠。

这奔腾不息的瀑布，将自己全部的水流，都倾注在山脚下的幽潭里，响起了一阵雄浑的轰鸣声，像半空中打雷，像有人在敲鼓，像千万块岩石在崩塌和滚动。

不管这一切，珍珠滩的水流永远在默默地倾泻。它要跃出水潭，它要穿过山坳，只要还有一丝的力量，它就永远要放射出珍珠般的光芒，它就永远要不倦地流淌，珍珠滩真像是一位无比坚韧的壮士。任凭那团团围住的山崖，也阻挡不住它遥远的征程，我挺着胸膛，在心里讴歌它伟大的精神。

庐山的云[1]

攀登庐山的公路，都筑在峭壁的边沿。坐在汽车里，往底下的山谷中望去，幽深深的，绿茸茸的，真叫人捏一把汗。要是掉下去，就会青山埋骨，长眠于这秀美的风景中，再也去不了云游了。可是往前面看去，这条弯弯曲曲的公路，绕过山坳，在深壑对面的峻岭上延伸着，像一根光亮的绸带，插进满山遍野的云雾里去了。

一团团的白云，飘荡着，升腾着，忽然又散开了，稀稀朗朗的。有几朵浓雾，从它后面俯冲过来，猛地降到山谷里去，于是这条像绸带似的公路，又隐约在望了。

寻着它，瞧着它，像在白云里嬉戏似的，多么的神奇。想象着自己一会儿也会被汽车带往那儿去，顿时就将任何恐惧的念头，都抛到天外去了。人总不能一辈子躲在屋子里，不冒一点儿风险的。

在呼啸的风声里，看着翻滚的云雾，竟像是白浪滔天。汽

1　本文入选《北京普通中学地方教材》五年级《诵读》课本。

车好似在海滨行驶了，这澎湃的波涛，遮住了眼前的一切，冲到公路上来，冲到我们头顶的山坡上来，而面前这白茫茫的大海，于是就完全消失，又露出了重重的峻岭，露出了碧蓝的天空。

汽车刚拐过弯去，消失的云雾又来追踪我们了，一丝丝的，一团团的，一层层的，遮住了群山，遮住了顶空。满世界都变得灰蒙蒙的，真让我怀疑起来，又在大海里漂泊了？我是来攀登庐山的，然而此时分明像是坐在小船里，颠簸于波浪中。

云哟，你这变幻无穷的精灵，给了旅游者多少欢乐的梦幻！当我正编织着云雾的幻想时，汽车到达了牯岭。我走进借宿的旅舍，推开窗户，眺望着屋旁的松林和松树下潺潺的小溪时，一朵缥缈的云从房顶垂下，停在窗口，窥探着屋里的动静。我赶紧向它招手，它真的接受了我的邀请，飞进了屋子。等它刚飞到桌子的顶上，就化成一股水汽，飘散开来了。我又快步奔到窗口，盼望着还有另外的云彩飞来，可是在暗沉沉的天空里，却找不出一丝浮动的云儿。

我在牯岭住了三日，早出晚归观看附近的风景。这三天中间，从未见过晴朗的阳光，尽被云雾围绕着，总是朦朦胧胧的。幸运的是当我走到龙首崖时，云雾忽然散开，于是瞧见了峭壁底下碧油油的沃野，绿茵茵的树丛，和灰黑色的屋宇。还没有瞧个够，白云又将我笼住了，看不见悬崖，也找不着来时的路，只听到路那边孩子们欢快的笑声。我默然伫立着，一步也不能挪动，等身边的雾气散尽了，才慢慢地踯躅起来，却也瞧不见远处的风光，只看得见前边几步外的小路。

离开庐山那天，我在黎明时分，登上了含鄱口的亭榭，想看那一轮旭日，从鄱阳湖的碧波中涌出来，想看那满天的红霞，点缀着苍翠的庐山。哪儿知道在雾茫茫的天空里，一道道白云，像竖立着的瀑布，急匆匆地倾泻而来，要将我冲出匡庐似的，太阳却不知道躲往哪儿去了。

庐山的一位青年作家说我都碰上了阴天，真不凑巧，我却为自己感到庆幸，能跟云霞做了几天的朋友，多少领略了它活泼多变的性子，直到今天我还怀念着庐山的云。

三峡放歌

轮船拍打着长江的水流，不分昼夜地向下游驶去。重庆这个喧闹的大城市，已经被远远地抛在我的背后了。我多次站在舱外的甲板上，俯视着浑浊的波涛。它永远在轻轻起伏着，往遥远的东方，往看不见尽头的水天相接之处淌去。这宏大的气魄，这深沉的色彩，这永恒的旋律，这蕴含着多少情感的声响，怎么能不使我缅怀自己民族的命运？怎么能不使我这颗热烈的心，几乎要在满腔的思绪中揉碎和迸裂呢？

长江的声响，像一阵阵呼喊，多么急促和猛烈，因为它想要讴歌我们民族刚毅不拔的精神；长江的声响，也像一阵阵呜咽，多么悲壮和凄怆，因为它想要抚慰我们民族艰难困苦的命运。有几千年了，专制君王们从未停止过鞭打和屠戮、折磨和蹂躏；有百多年了，西方侵略者凭着枪炮，在中国的土地上横行霸道，然而这些都未能完全征服质朴和坚强的中华民族。华夏在挣扎和搏战，在积聚着意志和力量，就像汹涌澎湃的长江，在凝结着水珠和巨浪。长江的声响，正是我们整个民族的呼号啊！我低着头，闭着双眼，默默地倾听长江的声响，直听到两座高入云霄的山峦，突然竖立在我的身旁，还弄不明白是怎么被夹在万丈绝壁底下这滚滚的波涛里。原来轮船已经进入了瞿塘峡，这儿就是闻名于世的夔门。

为什么在大江的南北两岸，都挺立着高高的悬崖峭壁，像是被谁挥起宝刀削平了似的？这两座巨大的巉岩，肩并着肩，面对着面，一起迎接着金黄色的阳光。只见铁青的岩壁上，布满了凹凸不平的石块，在那光秃秃的顶部，都长着碧绿的青草，而在多少条石缝中，却倒悬着一株株小巧的松树，显出了生命力的旺盛和强固。丝丝缕缕的阳光，从高高的崖顶掉下，在幽暗的峡谷里，闪烁着彩虹似的光芒。

原来是宽敞的江面，夹在这两座悬崖中间，顷刻间变得狭窄了。轮船也像是从巨大的城门口，陷入了低洼的底层。头顶上的那两座峭壁，却像是坚固的堡垒和连绵的城墙，永远要将我们包围在里面了。轮船鸣响了汽笛，像是决心要冲开悬崖的重压，越过无数的激流和旋涡。我抬头仰望着巍峨的顶巅，真惊叹于它的雄伟与浩瀚，跟天空只有咫尺之遥了，却把我们扔在谷底的水流中。四川人爱说“夔门天下雄”，在此时此地，我才真正懂得了这谚语的分量。可是轮船依旧在乘风破浪地前进，人的智慧和力量，毕竟可以超越一切雄峻和惊险的境界。

两岸绵延的山脉，渐渐地分散开来，各自都往天空里耸去，我们已经抵达巫山十二峰了。在纷纷扬扬的云雾里，一座座隽秀的山峰隐约可见，尖尖的，弯弯的，比起瞿塘峡的浑茫一片来，显得分外的玲珑与晶莹。朵朵的白云，轻轻浮荡着，缭绕着参差的群峰，那最苗条的一座，披上了用云霞织成的纱巾，更显得俊俏和轻盈，怪不得会有许多赞颂神女峰的传说了。我凝视着北岸的顶空，在茫茫的云雾里，竟看不清她窈窕的影子，也许是没有相见的缘分吧。

轮船又曲曲折折地航行了许久，江面逐渐开阔起来，在粼粼的波纹上，露出了一堆堆大大小小的礁石。江水旋转着，冲撞着，倒流着。我们的船儿从容地绕过礁石，在泡沫和浪花中往前方驶去，这就是滩险水急的西陵峡了。听船上的旅客说，曾经有多少木船，一阵风似的撞着礁石，立即被折成碎片，真是够可怕的。不过在岸边依旧有许多拉纤的人，大声地吆喝着，拉住了浮在江上的木船，往下游走去。这些屈原和王嫱的同乡们，正为着生存而艰苦地搏斗，他们能觅得一条欢乐的路吗？

我忽然想起了杜甫的诗句“不尽长江滚滚来”。浩荡奔腾的长江，你永远是华夏子孙奋勇跋涉和艰苦求生的见证者，你什么时候能唱出一支完全是喜悦的歌呢？我多么想侧着耳朵，倾听你气势磅礴的欢乐颂啊。

岳阳楼远眺

几十年来常常在梦幻中张望着岳阳楼华美而又雄壮的轮廓，这是因为范仲淹那两句激昂慷慨和满怀豪情的话语：“先天下之忧而忧，后天下之乐而乐”，只能让我想起如此缥缈与朦胧的图景。

终于来到了烟波浩渺的洞庭湖畔。瞧这茫无边际的水波，在不住地晃荡和起伏着。暗绿色的滚滚浪涛，轻轻拍击着绵延到天空尽头的朵朵白云。这溅起的丝丝浪花，也叩打着高耸的堤岸，叩打着我滚烫的胸膛，像是郑重地提醒着我，人们应该怎样走向宽广和辽阔，怎样通往远方的世界？从蔚蓝色的天空顶端，千万道金碧辉煌的太阳光纷纷地抛掷下来，像燃烧的炭火，像闪烁的星辰，在微微荡漾的湖面上粼粼地放光；随着悄悄颠簸的水纹，这璀璨的金光不住地颤抖着，蹦跳着，快速地扩散开来，反射出一圈圈耀眼的线索来，像要把整个天空都镶成一片鲜艳透明的玻璃墙壁。

突然有一艘银色的汽艇，飞快地划破闪闪烁烁的波纹，穿过星星点点的灿烂光芒，冲向一座青翠的岛屿。在这狭长和低矮的山崖上，该会挺立着多少棵郁郁葱葱的大树，满山遍野都布满了色彩缤纷的花卉吗？听说远古传说中尧帝的两个女儿，那美丽的娥皇和女英，竟越过浊浪滔滔的湖面婀娜地飞往这名叫君山的小岛。不管是男人抑或女人，如果真能插翅飞翔该有多么的美妙。几百年之后更善于驾驭科学技术的人们，真的能独自飞过这宽阔的洞庭湖吗？

在随意的遐想中缓缓地回过头去，仔细地凝望着苦苦思念了半生的岳阳楼。这让我一见倾心的洞庭湖，已经浩瀚和晶莹得使自己感到无限的神往与温馨，而这小巧玲珑的岳阳楼又使自己生发出异常兴奋的情怀。跟这座闻名遐迩的楼阁晤面之前，我就明白地意识到范仲淹撰写题记的那一座，肯定是早已倾圮和崩塌了。残酷无情的时间迅捷地消蚀着人们的生命，也消蚀着他们用双手造出的一切。不过多少奋发有为的先驱者，以及他们用自己生命铸出过的辉煌业绩，将永远留存在炎黄子孙的心中。鼓舞、激励和升华着他们的灵魂，召唤他们决心去继承这些志士仁人的遗愿，努力消除这部历史中悲惨的血痕和污垢的尘埃，让它变得更绚丽与圣洁起来。

我的眼光紧紧盯住了岳阳楼，瞧着这上下三层金黄色的琉璃瓦，整整齐齐地翘起尖尖的檐角，像是都张开了熠熠放光的翅膀，想要飞往蓝天和白云里去。覆盖在顶层的这座屋檐构成了盔甲的模样，在中央还竖着一株用玻璃球串起的立柱，使这金光璀璨的盔甲显得威武而又俊秀。我轻轻抚摸着厅堂外面几根油漆得鲜红的木柱，猜测这清代末年重修的雕梁画栋，为什么要在如此秀美和纤细的小楼顶部，戴上一顶戎装的盔甲？是不是胸怀着忧虑的设计者，用它来象征提防和抵御列强侵凌的不屈意志？

听说从东汉以来，就在这湖泊的附近建造了楼阁，将近两千年的沧桑变迁，经历过多少次水患、火灾和兵燹的侵袭，已经先后倾圮和崩溃过 30 余回。一种不屈不挠追求美好人生的愿望，催促着大家不断地建造自己所设计的岳阳楼。范仲淹撰写题记的那幢宋代建筑，会比眼前的这一座庞大和恢宏得多吧？“先天下之忧而忧，后天下之乐而乐”这种伟大和高旷的声音，总是在我的耳旁震响，就使得那座早已消失的楼阁，似乎还影影绰绰地升腾在明朗的天际。范仲淹这种崇高的抱负，自然来自儒家学说中关心民生与邦国这一积极合理的部分。孟子所说的“生于忧患而死于安乐”，荀子所说的“劳苦之事则争先，饶乐之事则能让”，肯定会始终萦绕在他的心间，熏陶和启发着他得出了这样的思索与结论。

那些无耻地攫取着国家和众人财富的人们，那些贪婪地挥霍浪费和享受着奢靡淫荡生涯的人们，会不会来到洞庭湖畔仰望这座岳阳楼。他们面对着范仲淹的题记，会感到有丝毫的惭愧和羞耻吗？如果他们已经深深地堕落，如果他们已经彻底地丧失灵魂，变成了徒然披戴着华丽衣冠的禽兽，当然就不会有任何这样痛楚的感觉了。但愿他们的心灵尚未被罪恶的邪念完全摧毁，范仲淹所提出的这种伟大精神还能促使他们醒过来，从恐怖的深渊中攀援而出，做到幡然悔悟和改弦易辙。一个古老民族所传递和沉淀下来的伟大文化精神，应该能够产生这种净化和升华灵魂的作用。这就要尽心尽力地去阐述和发扬它，让它成为妇孺皆知的一种精神存在，让人人都在自己的心里思索它，并且用这种崇高的理想来考察和衡量自己。

环绕着这朱红的柱子，在岳阳楼周围兜了个小小的圆圈，我又走向洞庭湖边。默默地张望那碧澄澄的水波，正向着遥远的天际流淌，忽然想起了孟浩然的诗句："气蒸云梦泽，波撼岳阳城"，多么恢宏的气魄！让人丧气的是这首诗竟以乞求宰相大人提携他追随左右，让他走上仕途而告终，就多少显得有些伧俗了。远不如杜甫的那首《登岳阳楼》，在气势磅礴的"吴楚东南坼，乾坤日夜浮"之后，抒发了关怀战乱中民生多艰的思绪，显出一种十分高尚的情操。在专制君王主宰着一切人们生杀予夺大权，控制着层层叠叠的官僚统治底下，干谒求仕就不能不成为饱学之士发挥自己理想与抱负的一种途径。杜甫也曾经撰写过类似这样干谒的诗篇，只是因为缺乏艺术的光彩而并不流传。像孟浩然那两句汹涌澎湃和吞吐太空的诗句，必然会震撼读者的心弦，被大家所吟咏和背诵，于是又不能不引起人们注意这首诗里渴望着做官的强烈心情。任何真正的诗人都追求着纯洁和崇高的人生境界，却又无法完全净化内心中某些世俗甚或是卑琐的冲动，只要他是生存于世俗与卑琐的尘土中间。而当这些复杂的精神内涵注入整个民族的文化传统时，绝大多数善良向上的人们总是倾向于仰慕和吸收其中美好的因子，这就是范仲淹那两句名言会让多少人衷心向往的缘故。

瞧着这一阵阵飞溅的浪花，被金碧辉煌的阳光闪烁出星星点点耀眼的火花，我禁不住念起《岳阳楼记》里“朝晖夕阴，气象万千”的名句来。当范仲淹想象着洞庭湖滔滔汩汩地流淌时，想象着这儿晴空万里或阴雨霏霏的景色时，在浓郁的诗情画意中深深地感到“心旷神怡，宠辱皆忘”，竟十分潇洒地无视着自己掌握在君王手中浮沉的命运，在大自然的洗礼中倏地超越了向专制王朝磕头跪拜的礼节。我想如果他能够生存于900多年之后的当今时代，一定会欢天喜地去充当人人都平等相待的普通公民。像范仲淹这样提出了此种激励着整个民族的伦理规范，思索着率先为天下的苍生而忧虑，这只有充满抱负的志士仁人才能够做到，无知无识抑或醉生梦死的人当然无从想到要承担这样的重任。然而“后天下之乐而乐”也许是更难于做到，把自己生活的享受降低到整个国家里最贫困的水准，坚持着终生都这样去刻苦地砥砺身心，如果不具备“我不入地狱谁入地狱”的卓绝品性，哪里能够这样办到呢？范仲淹标出的这种道德理想实在值得景仰。可是我想他作为当时朝廷的大臣，肯定未必会像颜回那样“一箪食，一瓢饮”地居于陋巷，也很难做到像孟子所说的“劳其筋骨，饿其体肤，空乏其身”，去完成“天将降”下的“大任”，能够度过比较节俭和朴素的日子就很值得颂扬了。反思我自己因为长期以来收入菲薄，半生都过着清贫的日子；然而当我偶或去穷乡僻壤和沙漠绝域中旅行时，竟万分惊愕于那里的多少同胞，还挣扎于非常穷苦和困厄的逆境中间，很难想象自己能够充满勇气地在那儿坚持着生活下去。如果真是生存于当今的范仲淹，也跟我结伴同往的话，他会在送走我之后扎根常住吗？要想实践自己所提出或憧憬的某种崇高理念，确实也是异常困难的。人究竟为什么要活着，人应该怎样生存于这茫茫的世界？当然得尽量替大家作出自己的一份贡献。如果人人都力争做到这一点的话，那么整个人寰肯定会变得非凡的美丽。然后再将此种纯真的意志发挥到极致，才有可能冲向范仲淹所提出的伟大目标。这必然是无比艰巨和难于达到的，不过从切切实实地作出微小的贡献开始迈出自己步伐，应该说是毫不困难的。

我始终张望着洞庭湖中央这一阵阵飞溅的浪花，张望着蓝天白云里喷射出火光的一团红日，深深地相信人类总会逐渐抛弃卑俗与丑陋，不断地走向壮丽和崇高的境界。

从乾陵到茂陵

一

汽车开出了西安市区，就在一片望不见边缘的丘陵地上，缓缓地攀登起来。

这灿烂的黄土高原，有着多少数不清的方阵：火红的，是辣椒；碧绿青翠的，是玉米；黄澄澄一片的，是刚收割后耙平的土地。这缤纷的色彩，这几何的图形，多么的秀丽和迷人。庄稼人的手真巧，心真灵，我觉得自己似乎是进入了艺术家精心开垦的花园。

在这些图案的外面，却又是苍茫、寥廓和雄浑的大地，层层地包围着它，不由得使我从心底里感到舒展，想要伸出手掌，触摸那离得很近的天空，扯几朵白云下来。

这片令人心醉的土地，实在太阔大了，在这儿可以顶着天，踩着地，干出多少事情来！真得感谢多少世代之前的祖先，在这儿辛苦地耕耘、劳作和建设。他们描绘的图画，他们吟咏的歌曲，至今还在我们心里奔腾。不过他们做成的事情，确实也不能算是很多，还有多少事情，要靠我们从头去开拓。

在这高原上，望着头顶的云彩，沉思着天地的悠悠，回忆着祖先的足迹，我的多少情思，随着起伏的丘陵，越过人生，越过历史，在半空里翱翔，就这样到达了乾陵底下的一片平滩上。

我沿着夹道的石俑，穿过两行碧绿的枫树，往顶上攀去；这埋葬着武则天和她丈夫唐高宗李治的乾陵，远远看去，也许只能说是一座矮矮的小丘。我心里想，走不了几步路，就能站在顶上眺望了。不过真的走起来，却还挺费劲的，那一段陡峭的土路，爬得我气喘吁吁，额头冒汗，幸好路畔有丛丛的柏树，遮住燥热的阳光，阵阵的凉风习习吹来，唤起了我跋涉的兴致，于是信步走了上去。

走到土路的尽头，一座几十丈高的峭壁，雄赳赳的，倾斜在那儿。只见好多的男女老少，都在左顾右盼，寻觅路径，往上攀登着。有两个从香港来的年轻人，背着行囊，挎着照相机，胸膛前面和背脊顶端，都挂得满满的，却一路领先，走在这支队伍的前头。有几个本地的摩登妮子，踏着尖尖的高跟皮鞋，也不甘落后，嬉笑着，操着绵软的陕西口音，边走边搭话。一个满腮蓄着胡子的老头，默默地伸着手，攀住尖尖的石块，一步步地往上走去。

我的心儿在胸口里突突地，喉咙里不住地喘着粗气，原来刚才过早地轻视它了。我将会功亏一篑，屈服于被自己轻视的小丘吗？绝对不行，这不合我的脾气，于是在崚嶒的乱石中，寻觅着平稳的立脚点，左手按住石块的边缘，右手拉着石缝里的一绺青草，连奔带跑，总算走到了小丘的顶上。

这里是附近一大片平原的制高点，往四周极目远眺，苍茫的大地尽收眼底。连同武则天在内的多少帝王，或者是不用帝王称号的那些独裁者，当他们活在世上时，都想牢牢地统治这幽谷里无数的子民；一旦死去，还要将自己的尸骨，永远高踞在群氓的顶巅。这是多么狂妄和愚蠢的念头，对于不甘心做奴隶的人们，对于具有自尊心的人们来说，是多大的不公，多大的侮辱。

可是他们在生前也许不会想到，千百年后竟有许多平凡的人们，站在他们的头顶，缅怀往昔和瞻望未来。让他们的幽灵在地下哭泣吧，多少平凡的人们，终将拨开专制的迷雾，走向自由和平等的坦途。

天空里忽然刮起一阵硬朗的风，吹动着我的衣袂。兴许在汉唐时，也曾刮过这样的风吧。然而我想起的，并不是“迅风拂裳袂”的王粲，也不是“登高一长啸”的李白。我在年轻时曾迷恋过的多少古代诗人，似乎已经远远地离开了自己，在这儿想起的，是将平等观念高唱入云的卢梭，如果不是他那“人生来就是平等的”原则，逐渐潜入我们时代的意识中间，能允许人们走到那些帝王和独裁者的头顶上去吗?

二

兴冲冲地走下乾陵，我又观看了附近的章怀太子墓和永泰公主墓。这两个墓窟，相距只有一箭之遥，两条穹形的墓道，两座石头的棺椁，竟十分相似。不过从平地上仰视，永泰公主的墓要气派得多，在顶上耸起了一个好几丈高的土包，章怀太子的墓坑上，却没有这隆起的高台。

走进这两个墓坑时，同样都得沿着往下倾斜的甬道，摇摇晃晃地走上几十丈的路程。好在路面很宽，可以容纳四五个人，携着手并肩而行。如果有谁在这阴暗的灯光底下，踏着坑坑洼洼的土路，偶或发生闪失的时候，伙伴们就会拉住你的胳膊，不让你摔跤，于是顺利地走到底部。

在这两座穹隆似的墓窟里，大理石砌成的棺椁顶端，都雕成瓦棱的模样，我伸出手去，恰好够上它的高度。这多像方方正正的篷帐，停放在挖空了泥土的宫殿中间。

我仔细辨认着一块块黑色的大理石，只见上面雕了不少花草、禽鸟和人物的图像，刀锋都显得纤细，缺乏开阔的气概，技巧也不高，该不会是大匠的手艺。

章怀太子李贤是武则天的儿子，生性十分聪颖和敏感，宫廷中那种充满谗言和猜疑的气氛，老让他惴惴不安，无意间说了些遭忌的话儿，传到他母亲的耳朵里。于是龙颜大怒，将这亲生的骨肉废为庶人，远谪巴蜀。事隔不久，又被奉命监视他的一个将军逼令自杀。30 岁刚出头，正是年纪轻轻的大好时光，就死于客乡，成为政治斗争中争权夺利的牺牲品。他的侄女永泰公主李仙蕙也是年轻夭折，据《新唐书》记载，在她 17 岁那一年，因为得罪了祖母武则天的宠臣，被下令赐死的。

武则天对待自己的子孙竟也如此残忍，实在令人惊讶。这就可见即使是生在主宰整个人寰的帝王家中，也往往不是幸运的事情。暴虐的专制主义权力，在摧毁和扼杀民族的生机时，也会将血淋淋的屠刀，砍向自己家族的金枝玉叶。争夺、倾轧、阴谋和杀戮，这些最卑劣与肮脏的行径，就在最华贵的宫廷中迸发出来。正是专制统治的权力腐蚀了武则天，如果她不是独裁的君皇，当然就不太可能杀害自己的亲生骨肉了。

离开阴暗的墓道时，我似乎觉得武则天奇异和怪诞的幻影，在黑黝黝的地底晃动。我在年轻时，就听到过对她狂热的颂歌，也听到过对她凶猛的诅咒，这使我异常的惶惑。后来我才懂得了，无论她有多大的政绩，或者有多大的败行，其实都是被那贪婪和残忍的专制统治的机器所推动和驱使。她是作为皇帝的妻子，才有可能在格斗和厮杀的旋涡里，爬上权力的顶峰。她为了巩固自己绝对的权力，竟将一切阴险和狡诈的欺骗手段，发挥到了令人惊诧的地步。如果她当时不是进入宫廷，而流落在市井的话，大约也就是个有点儿泼辣和心计的美女，肯定不会这样腐蚀和泯灭了自己全部的良知。

三

看完了这两座古墓，背着一身历史的重担，又乘上车，赶往南边百里以外的茂陵去。在阴沉沉的暮霭中，远远地眺望着那座埋葬汉武帝刘彻的坟墓，觉得很晦暗和凄凉。比起陡峭的乾陵来，自然要矮小得多，不过它的形状也规则得多了，简直是立体几何中最为标准的梯形图案。有几个操着南方口音的老人，冒着零零落落的雨丝，在路旁眺望着这座土丘，不知道在想些什么？不知道是充满感情的膜拜，还是含有理性的否定？

当我在暮色苍茫中，匆匆赶往霍去病墓的时候，已经来不及在他的墓前凭吊一番，对这个年轻有为的大将军作历史的遐想了。虽然他那句“匈奴未灭，胡以家为”的豪言壮语，曾在我的青年时代，鼓舞过自己踏上人生的途程。

迎着一阵阵潮湿的雾气，迎着从天顶垂下的夜幕，我大步流星地往前走去，终于寻觅到了墓侧两庑的石雕。这十多件稀世的珍品，都凝结了那些无名艺术家构思的智慧，天真的情趣，看似幼稚和笨拙，却透出一股晶莹的灵气。瞧瞧那个石俑吧，只是就着一块椭圆形的巨石，稍加凿磨，便活脱脱地显出了焦躁不安的性子，睁大了眼睛，紧紧闭住了阔嘴，在诅咒着天道的不公。瞧他那硕大的手，还伸开粗糙的指头，使劲压住自己凸起的肚子，憋着满腹的怒气，实在太难以忍受了。我像是看到了他在不住地抽噎。

在自然、浑成和真切中，含着无穷的意蕴，这真是艺术的极致。这位无名的艺术大师，绝对没有命令我一定要记住他的作品，却尊重我自己的感觉和判断，唤醒了我心里的想象，才使我反复吟味，终生难忘。

我不知道近世写意派的绘画大师齐白石，有没有目睹过这座石雕？不过他几乎用一笔勾成的那些小鱼和虾米，与两千年前这位无名大师的艺术风尚，无论如何是颇为吻合的，可惜的是在奇妙的神韵中，似乎少了些这种粗犷和刚健的豪气。艺事艰辛，独树一帜就得耗尽毕生的精力，实在是很难强求的啊！至于西班牙的绘画大师毕加索，肯定是无缘领略这件艺术珍品的，不过他那神采奕奕的和平鸽，跟这座石雕之间，好像也有着某些相似的精神。这就是在最纯朴的形式中，燃烧着最昂扬的激情。如果他能够看到这件珍品的话，也许会对自己不少抽象画的线条不满了，也许会嫌它太过于无谓的繁琐了吧？

看完了石人，还想仔细揣摩那座人和熊搏斗的石雕，可是天色愈益昏暗下来，我只好迈开脚步，又浏览了精神抖擞的卧牛，英姿勃发的跃马，眈眈疾视的伏虎。而当我站在那座马踏匈奴的石雕前，辨认着威武的马头下面，在那石像仰起的脸颊上，眼睛和鼻子都被压扁了似的，可是他拉住马腹的手指，却镂刻得太清晰了，显出一股蠕动和挣扎的力量。这无名的艺术家，用模糊的影子强调那石像狰狞的神情，却又用分明的笔法强调他抗拒的力量，审美的情趣实在丰富多彩，像这样来刻画力度的艺术似乎还不多见，它顿时使我想起贝多芬《命运交响曲》那样磅礴的气势。

我深深庆幸着今天这后半段的旅程，能在无意间亲炙不少神奇的艺术。从黎明到黄昏，在汽车里颠簸了将近四百里的路程，我的收获却或许是漂洋过海也无法得到的。

比萨斜塔下的沉思[1]

在天真烂漫的童年，就听说过那遥远的渺茫得像梦幻里闪现出来的异邦，耸立着这座倾斜的圆塔。自从它造成之后，600多载的岁月已经匆匆地消逝，就像飘散着多少轻盈的浮云，淌过了无数喧哗的流水。而在翻腾着苦难和欢乐的人间，曾经于暴政的屠戮中血流如海，自然也挥舞过争取自由的宝剑，推翻了专制的君主，使得正义的歌声响彻云霄。还有多少闪射出思想光芒的哲人默默地委顿，多少飞扬着明眸皓齿的美女悄悄地衰亡，只有它始终躲过了战争和兵燹的侵凌，每天都张望着黎明和黑夜的降临。尽管它在缓慢地增大着自己倾斜的角度，却依旧庄严和美丽地耸立在那儿，至今还不曾崩溃和塌陷。这神秘得超越了常规的命运，怎么能寻觅合理的解释和回答呢？

童年时留下这缥缈的影子，偶或在自己的心灵中摇晃和升腾，叩问着这比萨斜塔，怎么能阻止自己往下坠落的惯性，竟如此坚毅和刚劲地倾侧于苍穹底下？从而就启示和催促我养成了思

1 本文入选《中华活页文选·高二版》2013 年第 2 期。

索的爱好，正是它给予了我生存方式里的此种恩赐。至于矗立着它的那块土地和那个国家，在当时真觉得是异常的陌生和朦胧。渐渐地增添了许多知识之后，才懂得意大利这文艺复兴的发源地，冲破了中世纪阴森、幽暗和残酷的禁锢，鼓舞人们去争取自由、尊严和欢乐的生活。也许正是因为脑海里的知识愈益丰富起来，就冲淡了对比萨斜塔的记忆。

真想不到在消磨了多少艰辛的岁月之后，竟突然会有跟它邂逅的缘分。当我拥挤在往来奔跑的人群里，焦急地穿过那条狭窄的小巷时，心里禁不住怦怦地跳跃起来。如果能够插上翅膀飞往前边仅有一箭之遥的巷口，就可以观看和欣赏它无比美好的容颜了，可是我无法轻易地穿越这熙熙攘攘的人群。

迎面过来的多少游客，密密地堵塞着我往前跋涉的脚步。瞧着这些肥胖的老者、俏丽的少妇和聪颖的儿童，尽是白皙的面庞、碧蓝的眼珠和金黄的卷发，不知道是从风光明媚的欧洲本土，抑或阻隔着海洋的美洲大陆前来这儿？有个英气勃勃的青年正侧着身子，满面含笑地从我旁边迂回和徜徉。我打量着他跟自己相似的脸型，猜测他来自华夏的土地，抑或是其他的亚洲国家？为什么从地球的各个角落里，有数不清的人们兴冲冲地聚集到这儿来，只为了瞧一眼这神奇的斜塔。每一个燃烧着满腔热情和憧憬着崇高境界的人，也许都会厌倦平庸、琐屑和混沌的日子，而向往着奇异和神秘的景象，那么比萨斜塔不正是最好的目标？将这充满了魅力的印象，永远消融在自己的心里，不正是更有意义的一种生存方式吗?

好不容易一步步地挪到了巷口，瞪着两眼张望那青翠得令人心醉的草坪后面，这浑圆得玲珑剔透的斜塔，整座浅黄色的花岗石建筑，在八个楼层中紧挨在一起的两百多座拱门，多么俊秀和细巧的圆柱，纷纷撑住了自己顶部的圆弧，一副典雅和庄严的姿势，真让人肃然起敬。从深蓝色的天幕底下，抛出了丝丝缕缕夕阳的余晖，那一阵阵璀璨的金光映照着石壁，竟还反射到我激荡的心灵中，赶紧聚精会神地从它底层浑厚而又挺拔的围墙，往上仰视着 50 多米高的顶巅。在雕刻成像翅膀那样凸起的檐顶，还装饰着一圈菱形的花纹，隐隐约约地透过朵朵云雾的残阳，闪闪烁烁地抚摸着这用多少手掌砌出的图案。而底下凹陷进去的拱门里面，不知道悬挂着什么形状的铜钟?随着这座建筑的不断倾斜，据说早已禁止人们从里边螺旋形的楼梯往上攀登，哪里还能够敲出清脆而又深沉的钟声呢?

据说这座比萨教堂的钟楼，在 11 世纪后期动工兴建时，因为奠基的失误，刚造起了三层即开始倾斜，停顿了 100 余年才又继续施工，等到在 13 世纪中叶落成之后，塔顶已经偏离垂直的中心线两米多远了。真得责怪这些技师与工匠们，为什么在追求美丽的线条和轮廓时，竟忘却了必需的结实与稳固?控制教会的僧侣和统治城市的官僚，也曾插手和纷扰过这座建筑的进程吗?这也许是永远都无法解开的谜团了。令人担心的是经过多少风风雨雨的侵蚀和凋零，它还不住地往南边倾斜。有多少人思考着如何让它停止倾斜，隐约可见两根粗长的钢丝，紧牵着塔身固定在教堂背后的地下，这就能够拯救它倒塌的厄运吗？

不可思议的是20多年前在这儿发生的一场地震，却也未能摧毁它，它依旧巍然地屹立着，神秘地倾斜着。这真是无比坚强和刚毅的象征，才会有浩浩荡荡的人们赶来探望它，却不顾它身旁那一座庞大和气派的教堂，很少仰望那教堂顶端高出身躯的圆柱。这大约是因为，大家都渴望着向神奇而坚强的境界攀登。

登埃菲尔铁塔记

迎着暮秋的凉风，坐在塞纳河边飒飒细语的梧桐树底下，抬起头来眺望这乌黑油亮的埃菲尔铁塔，竟像是一支镂空的长箭，英姿勃勃地射向那飘荡着丝丝白云的蓝天里去。几万道金黄色的阳光闪闪烁烁地从塔顶抛掷下来，纷纷扬扬地穿过这铁塔中间交织着多少纹路的孔隙，像是很热忱地招呼我赶快攀登而上，好站在那儿俯瞰美丽的巴黎街景。

这直指苍穹的尖塔，已经很漫长地矗立了100余年，远远地望去竟未曾发现任何锈蚀的斑痕，显得多么的簇新和俊秀。当成千上万的人们在大街小巷里行走时，仰着头就能够瞧见它高耸的尖顶，这多么神奇和抚慰心灵的标志，真是巴黎的象征与骄傲。在这儿逗留的几天中间，当我匆忙地寻幽访古时，曾有多少回辗转地寻觅它的踪影。

据说这座世界上最高的宝塔，在它奠基和建造的时刻，竟遭到过不少人吵吵嚷嚷的反对，总因为它是使用无数的铆钉，将细长和坚韧的钢架焊接在一起，却不像历来的欧洲古典建筑那样，鬼斧神工般地堆积与雕刻着无数的巨石。因此当这秀丽和迷人的建筑物刚诞生时，曾陪伴着很多恶意的讥讽和攻讦。然而那些发表议论的人们却未曾认真地思索过，这高达 320 多米的尖塔，如果不是运用牢固的钢架焊接起来，怎么能够在短短的两年之内，就如此轻盈和牢固地耸入云霄？这位花尽了匠心的建筑工程师居斯塔夫·埃菲尔，真是善于另辟蹊径的天才，不过他所勾勒的全部造型，却又深深地接受了古典建筑艺术的启发，这底座四边异常巨大的圆拱，分明来自罗马式的殿堂，而它顶端空心的矩形两旁，正好就倾斜着紧缩在一起，尖尖地耸向高旷的天空，不又是典型的哥特式风格吗？真正出色的创新，往往都在吸收了优秀的传统之后，再悄悄地往前挪动和变异，是不断展开着一种新旧交替的程序，如果完全丢弃和摧毁了自己精神的源头，那就会使生存的环境变成一片废墟，还能有什么创新可言？这立即使我想起《旧约·布道书》里所说的，“日光底下，无新事物”，不知道是否包含着这种哲理的涵义？

渐渐西斜的阳光，凭借着微风的吹拂，透过头顶上绵密的梧桐树叶，从颤抖的缝隙里晶亮地抚摸着我的脸庞，似乎提醒我别再慵懒地休憩和冥想了，得赶快去攀上塔顶，好凭栏远眺这闻名已久却又万分生疏的巴黎城，猜一猜自己流连过的几处名胜古迹，究竟坐落在什么地方。于是迈开了大步，向近在咫尺的高塔跋涉而去，购得了登塔的门票，赶紧站在短短的队伍后边。顷刻间就跟随着安静的游客跨进大门，在狭窄的回廊里等候。我张望着面前这一扇暗沉沉的玻璃门框，隐约地瞧见里面交叉着许多弯曲的钢架，禁不住有些神秘地猜测起来，那电梯是怎么将人们拉拽上去的？还没有想出答案，玻璃门突然被打开了。我随着几个碧眼黄发的男女，走进这灯火辉煌的长方形车厢，立即像刮起一阵飓风似的射向了高塔。当电梯停顿下来，往门外走去，扶住栏杆仰望头顶的塔尖时，竟还有好长一段高不可攀的距离，据说仍旧可以搭乘电梯，抑或是徒步而上，站在更高耸的顶巅，眺望更遥远的地方，这是何等悠远寥廓和壮怀激烈的境界，真不知道宋代的词人周邦彦，为何要如此悲悲切切地“劝君莫上最高梯”？人生在世总得激昂慷慨地活着，尽量去跋涉和探索一番，窝窝囊囊地打发着萎缩与痼闭的日子，实在是一桩毫无意义的事情。如果在年轻时候能够来这儿漫游的话，我一定会尝试着徒步攀登上去，可惜是青春的年华早已消逝，健壮的体力也逐渐飘摇着散去了，徒有满腔燃烧着火一样的情怀而已。

这巴黎城的风光，多么值得眺望与沉思，快瞧那浅灰色的塞纳河里，正有一艘游艇扬起雪白的浪花，隐没在一座平坦的桥梁底下，那里的多少游客会仰着头张望这高塔吗？只见在塞纳河对岸，一大片逶迤相连的楼群，闪耀出满眼都是橙黄的颜色中间，偶或也夹杂着一簇绿色的树叶。比起在阿尔卑斯山麓瞧见过的那茫茫林海，和山坡上青青的草坪，以及朵朵的鲜花来，给游人的印象自然会逊色多了。怪不得有多少人总喜爱讴歌那色彩明朗而又鲜艳的乡野，却对混杂与堆积在一起的许多房屋，厌倦地发出轻微的叹息。也许从高旷的地方俯瞰任何城市的景色，因为朦朦胧胧地瞧不见每座楼宇美丽的容貌，却会在一览无余的纵横交错中间，发现它无法避免的杂乱的痕迹，当然就只好留下一丝惨淡的影子。而那数不清的建筑物，如果是单独地观赏起来，哪怕相当苛刻地加以评论，也往往会引起大家点头称赞一番。

然而在方圆几十里的路程之内，紧紧挨在一起的房屋，怎么可能完全排列得整整齐齐，璀璨多姿，勾画出一幅无可挑剔的绚丽图案呢？我忽然想起20年前坐在飞机降落时的舷窗旁边，从空中好奇地俯瞰着初次来到旧金山的情景。听说这是个风景如画的城市，却只瞧见深褐色的丘陵底下，乱纷纷地矗起着许多房屋，显出一片单调、黯淡和混沌的气氛，我的心里禁不住充满了疑惑。等到走出机场之后，色彩缤纷的花卉与树木，线条优雅和轮廓华美的多少建筑，一起都展开在蔚蓝色的大海之滨，争抢着扑进我的眼睛，让我衷心地赞叹这美丽的景致。于是我懂得了居高临下地眺望任何城市里的房屋，都必定会拼凑成浩浩荡荡而又杂乱无章的背景，就连号称为花都的巴黎，也难于让人立即就获得美轮美奂的印象。类似这样粗枝大叶地张望片刻，确乎是无法得出任何准确的结论的。我回忆和咀嚼着自己在旧金山的经历，若有所思地想从这显得有些凌乱的楼群中间，寻觅着哪一座是美丽和庄严得达到了极致的巴黎圣母院？经过了昨天的轻轻踯躅和细细揣摩，已经将它深深地藏在自己的心里，可是这会儿的多少次左顾右盼，却都找不见它的踪影。

虽说是还没有寻觅得到，然而这座600余年前的哥特式教堂，真犹如海市蜃楼般轮廓分明地浮荡在我的眼前。正面三扇大门的顶端，都笼罩着好几圈向外凸起的椭圆形尖拱，上面雕满了细密的花纹，门楣和圆柱上雕刻的圣母、天主和多少使徒们，活生生地流露出各种痛苦或欢乐的表情。在站立着一排耶稣祖先雕像的壁龛上边，分布于左右两侧的四扇长门中央，像一朵玫瑰花瓣似的巨大圆窗，顿时使我想起那些工匠对于美好人生的向往。在它顶部升向天空的那一排雕花石柱背后，两侧塔楼的四座石门，分外修长地耸立着，竟显出了异常神秘的气氛。夹在它们中间那棱角纤细的塔尖，巍峨挺拔地插入了云霄。当我从大门口走进它幽深和肃穆的殿堂，沿着色彩华丽的玻璃窗门，和布满在墙壁与柱子上的雕像，张望那沉甸甸的长椅和前面静悄悄的神坛时，禁不住猜测着那声称“朕即国家”，和“我想这样做，就是符合法律的”路易十四，曾在这儿的什么地方加冕？这草菅人命和穷奢极欲的帝王，以为无论多么凶残地蹂躏着众人，他的王朝都会永葆平安。像这样将自己的脾性堕落到极端恶劣的深渊，灾祸就迟早会爆发出来，无论帝王或百姓都会是如此的情状。曾见过一个凶恶和残忍的老妪，总喜爱阴险狠毒地撒谎和造谣。当原先以为能够飞黄腾达的子婿，被时势与命运戏弄得一蹶不振的关口，竟也撺掇着自己的女儿一起来絮叨地嘲骂，这驱使他万念俱灰地悬挂在一棵大树上自杀，而她女儿也郁郁寡欢地病殁了，只剩下这魔鬼般的老妪，依旧在疯狂地诅咒。人生在世总得多少怀抱着一丝善良的意愿，像这样的话也许灾祸就不会降临。据说

17 世纪初年的法国皇帝亨利四世说过，“如果天假以年，我将使每个农夫的锅里都烧着一只鸡”，如果他的子孙们都能够这样稍微发点儿善心的话，何至于会造成法兰西王朝的崩溃。

我的目光又注视着塞纳河北岸一片苍翠的树木，昨天曾徘徊过的协和广场，也许是在这附近的什么地方？那一座高高耸起的埃及碑石旁边，喷泉里的几泓水柱正在阳光底下嬉戏，人们川流不息地走过这栽满鲜花的广场。真猜不出来路易十六是在哪一个角落里，被押上断头台吊死的？也猜不出来同时被捣毁的路易十五铜像，曾经站立在广场中央的什么地方？那时候当英勇的第三等级攻占了巴士底监狱，革命的制宪议会通过了《人权与公民权利宣言》之后，路易十六依旧未被废黜，尤其是在 1791 年化装出逃，于外地被发现和拘留之后，仍然被送回巴黎尊为名义上的统治者，只是在次年发现了他勾结与革命政府作战的叛军，才以 387 票对 334 票的微弱多数通过，被国民公会判处了死刑。他如果在这场惊天动地的革命之后，能够清醒地放弃足以危及自己生命的权力，而不再玩弄种种肮脏的阴谋，就完全可能避免被判处死刑的厄运。正由于他恶劣和阴险的行径，才激化了不同阵营中互不信任的仇恨。1793 年的恐怖行动和山岳党内部的大开杀戒，最初的源头不能不说是从这儿翻滚出来的。而法国王室的罪恶就更是由来已久了，路易十六的祖父路易十五，沉湎酒色和挥霍无度，他那句臭气熏天和令人憎恶的话语，“在我死后管它洪水滔天”，真是一语成谶地注释了他子孙的遭殃与覆灭。

我还寻觅着昨天去过的罗浮宫和凯旋门，究竟是在茫茫苍苍的什么地方？罗浮宫里显得有些陈旧的墙壁上，多少拱门与柱石，多少雕像与镂刻的花纹，我是在仔细鉴赏过巴黎圣母院，留下了异常强烈的印象之后，才匆匆赶去参观的，因此就觉得似乎多少有些逊色了。不过瞧着它装饰的花纹和众多的雕像，我不禁想起欧洲古典建筑艺术对于后世的影响。当我在地中海沿岸的尼斯城里踯躅时，不住地张望那多少宅邸的墙壁上，几乎都挺立着滚圆的石柱，和飞翔着天使的雕像，于是从层层叠叠的楼宇中，深深地领略了这个民族多么优美的文化传统。当我徜徉在罗浮宫里，匆忙地穿过像《蒙娜丽莎》这些数不清的油画，站立在从希腊米洛岛挖掘出的维纳斯雕像底下，默默地注视着她优雅和健壮的身影时，隐约地感到似乎是吹来了一阵纯洁、清冽和温柔的微风，感到真正的爱和美，就应该像这样蕴含着无比宁静、深沉和高旷的境界。

还有我曾经徘徊过的凯旋门，在那高耸的拱门两旁，描绘法国大革命期间战争历史的几座雕像，吸引着自己仔细地揣摩。那一座名为《出征》的浮雕里，一个右手持剑的女战士，振臂高呼要为自由而斗争。瞧着这明眸皓齿的美女，和底下几个挥舞拳头的勇士，不禁怀疑起拿破仑穷兵黩武地连年征讨，难道都是为了捍卫自由的目标？我走到一支低低地竖立于拱门底下的火炬旁边，俯视这纪念那些牺牲于第一次世界大战中间多少无名战士的标志时，心里立即升起了万分景仰的情怀，向这些为国捐躯的军人们鞠躬致敬。不是为了贪婪地争权夺利，而是为了祖国的安宁献出自己生命的人们，才值得深深地钦佩。此刻当我站在埃菲尔铁塔上，不住地寻找着凯旋门时，心里又燃亮了昨天刚瞧见过的那一支火炬。

威尼斯泛舟

踯躅在威尼斯大运河的堤岸上，张望那碧蓝的波涛，从不停顿地轻轻晃荡着，那翻滚和旋转的水纹里，映射出丝丝缕缕的千万道阳光来，闪闪烁烁，飘飘荡荡，将蓝天里阵阵的白云也皴染得分外晶亮和璀璨。多少停泊在岸边的小船，尖尖翘起的船头与船尾，也随着浪潮的韵律，不住地颠簸着。我早就向往过搭乘一艘像弓弦般翘起的小船，在它汊道纵横的小河里荡漾，真想赶快跨上去，从宽阔的河道驶进它逶迤曲折的支脉，轻盈地摇曳在那古老和破旧的楼宇底下。

可是当我转过身躯，遥望着浸沉在阳光底下金灿灿的圣马可大教堂时，立即被衔接与交织在一起的多少罗马式拱门和雕栏，牢牢地吸引住了。仰视着覆盖在它顶部的几座半球形圆穹，这绚丽的拜占庭建筑旁边，又交错地挺立着好多伸向天空的哥特式尖塔，空心的方塔中间，和周围大大小小的石拱上面，都侍立着舞动手臂、插上翅膀抑或默默凝视的雕像，似乎在演出一场宗教的戏剧。还有许多镶嵌在彩色玻璃窗上的图画，在阳光中闪烁着灿烂的容颜。出神地观望了一阵，就迈开大步穿过那直耸云霄的正方形钟楼，站立在一堆簇拥着的游客背后，更清楚地瞅见教堂前面罗马式拱门的顶端，紧紧地笼罩着两个更硕大的圆拱。而套住那顶部的菱形花岗石中央，蹲着一头金黄色浮雕的雄狮，威武地俯视着玻璃窗前四匹青铜的骏马。两旁还站立着好多抖动翅膀的神像，都在仰视那矗立于尖顶的圣马可雕像。这据说是《新约·马可福音》的谱写者，被奉为此间护城的神灵，站在混杂着多少风格迥异的建筑物中间。这建造了将近千年的教堂，真显得五彩缤纷和富丽堂皇，成为水城中最美妙和神奇的象征。据说拿破仑在威尼斯巡游之后，称赞它是“举世罕见的奇城”。这强悍的征服者对于自己侵凌和掠夺异邦的本领，肯定是踌躇满志的，然而正是连绵不断的穷兵黩武，过早地断送了他贪婪的生命。

我怀着对于任何一种侵略行径的鄙视与憎恶，匆匆绕过广场上熙熙攘攘的人群，还抚摸着围住自己肩膀扑腾的一群灰鸽，从教堂旁边踱进了狭窄的小巷，踏着方整的石板路，张望两旁古旧的砖楼。多少黑漆的门户，幽静地关闭着。有一扇掀开帘子的玻璃窗户里面，照耀着明亮的灯光，却也悄悄地没有一丝声响。瞧那楼顶晾台上雕着花朵的石栏，跟对面锈蚀的钢窗离得多近，如果有一对温情脉脉的情侣，伸出手臂就可以紧紧地握住，顷刻间都唱起心心相印的恋歌来；而如果有一个亡命天涯的落魄游子，偶尔借宿于这僻静的房屋，却在无意中窥见对面窗户里几乎掐死过自己的仇敌，会血脉贲张地拔出腰间的刀枪吧？可是在今天这时刻，小巷里悄无声息。这些小楼的主人们，也许害怕喧闹的游客，正躲避在后面的寝室里休憩。听说每年前来游览的人数竟相当于此间居民的 200 余倍。这么多人想上这儿来寻找什么样的回忆呢？

我迷茫地梦想着 600 年前这儿最鼎盛的气氛，行行重行行，冥想又沉吟，不知不觉地登上一座跨过小河的石桥，信步走向岸边的阶梯。那戴着草帽的年轻艄公，英俊的脸膛上布满了笑容，恭敬地举起右手，跟稀疏的游人们招揽生意。我也随着他们跨上了翘起首尾的小船，俏皮的艄公爽朗地笑着，轻轻摇晃着船尾，乌黑的河水溅起了水泡，一阵腥臊的臭味在船顶飘荡。几个游客被摆动得坐不安稳了，胆小的就叫喊起来，于是那艄公撑着篙子，让小船掠过水面细微的漩涡，在两边紧挨着的楼房中间穿梭而行。我抬起头默默地揣摩着剥落的墙壁和绵延的苔痕，猜测着多少窗户里边，在 600 年前发生过的往事。那些侵凌异邦的将领们，正在金碧辉煌的厅堂中争吵着，由谁来执掌更大的权势；而即将出海远航前往非洲和亚洲的商人们，却挺立在宽阔的阳台上，正吆喝伙计们搬运货物。自从欧洲贸易的中心转移到大西洋沿岸之后，这耸立于亚得里亚海旁边的小城，鼎盛时期喧嚣的威势和繁华的景象，早已经烟消云散，落寞和凄清了下来。

当小船穿过低矮的石桥时，一对紧紧搂抱着凭栏眺望的情侣，都挥舞手臂热情地向我们这几个船上的游客挥手。这青年再也不会像自己的祖先那样，被胁迫着参加抢掠东方邻国的军队，可以自由地寻觅谋生的途径。如果他们知悉了自己祖先掠夺和杀戮的往事，一定会庆幸能够度过像今天这样静谧与安宁的生活。然而他们是否设想过要疏浚这肮脏的小河，消除这污秽的空气，让多少人更欢快地徜徉在这千年的古城中。最令人忧虑的是那个十分悲观和沮丧的预言，说是再过 50 年之后，正在缓缓下沉的威尼斯古城，将会埋葬于海水之中，那么这里的居民将会平安地撤离，抑或抵挡住那吞没人间美景的汹涌波涛？人类能消除这万分恐怖的厄运吗？

从内卡河畔开始的遐想

我站在低矮和端正的石墙旁边，倾听着内卡河里潺潺的流水，从背后的长桥底下，发出轻微的声响，张望着远处葱茏的绿荫丛中，绵密地排列着多少红瓦白墙的楼宇，还有那一座座浑圆抑或是方形的古堡，纷纷将自己耸起的尖顶，冲向碧蓝的天空里去。

我默默地眺望着，猜测那闻名遐迩的海德堡大学，究竟是矗立在哪一个角落里？又想起了八十余年前的汉娜·阿伦特，那时候还是一个年轻、美丽和活泼的姑娘，为什么会沉潜于如此抽象和玄妙得难以索解的逻辑推理中间？也许正是大学时代这些枯燥与艰深的哲学课程，养成了她毕生都善于进行思考的能力。因此在经历了人世的多少坎坷，和纳粹政权凶恶的迫害之后，就能够对此种热衷于虐杀心灵与屠戮生命的罪恶体制，做出了多么睿智的剖析和阐述，洋溢着启迪众人的力量。她诉说的那些震撼灵魂的话语，在人类整部辉煌的思想史上，将会永远闪烁出自己璀璨的光芒。

希特勒在当时的迅速崛起，是因为德国于第一次世界大战中间的失败与投降，被迫向胜利的协约国大量的割地和赔款，使得整个民族都受尽了屈辱，连平民百姓打发的日常生活，也变得十分的窘迫，因此就引发了强烈的愤怒和仇恨。一种激烈的民族主义情绪，不断地高涨起来。万分狡诈的希特勒，赶紧抓住这千载难逢的时机，鼓吹日耳曼民族是世界上最优秀的人种，还针对当时不少西方国家涌现出来的经济衰退和精神危机，宣称要带领整个德国走在世界的最前列，于是就受到了狂热的拥戴。

这个在后来显露出多么凶狠和残暴的大独裁者，其实是早就形成了自己一整套控制民众的规则。他在《我的奋斗》这本邪恶的书籍中，叫嚣着“必须要有一个人单独来做出决定”，正是他所规定的此种独断专行的“领袖原则”，驱使自己随心所欲地去指挥一切。他所设想的那种“群众运动”，只是要“靠说话的力量，打动广大的人民群众”，驾驭与驱使大家，高呼万岁地追随和簇拥着他，不折不扣地服从和贯彻他的主张，去实现那种禁锢思想与威慑众生的局面。要是有人违背和抗拒的话，他就会施行“肉体的恐怖”，用此种致人以死命的手段，恐吓与威逼大家，去维系自己冷酷和阴森的统治。

在希特勒钦定的这种严密的秩序中间，谁胆敢挺身而出，跟专制独裁的暴政进行抗争，来维护大家的自由，和捍卫正义的理想，那就必然会受到残酷的惩罚。被殴打、被杀害、被焚尸的灾祸，立即会降临自己的头顶。

为了抵制暴政而牺牲自己头颅的英雄，肯定是会有的，却又绝对不会太多，只能像黎明时分悬挂在天空里的孤独的星辰。因为抛弃生命，走向死亡，总会引起内心中万分的恐惧和犹豫。这样就使得绝大多数善良的人们，不敢再坚持自由和正义的理想，却只好沉默与沮丧地去服从发号施令的领袖。而少数利欲熏心和急于钻进官僚队伍里去的痞子们，当然就会使出种种狡猾与阴狠的手段，充当着纳粹政权蹂躏芸芸众生的班底。

汉娜·阿伦特于1948年写成的《论极权主义的起源》这本学术著作，精辟地指出了纳粹体制的统治方式，最终会使得大家都成为"孤立的分子"和一群"无家可归的人"。所有的一切行动，都必须紧紧跟随领袖的指示，都得依赖他说一不二的管理与照拂。除了完全听命于被无限神化了的伟大的领袖之外，不能有自己丝毫独立的思想，不能牵挂什么亲情和友谊。竭力摧毁人们一切正常的思维，割断他们之间任何亲近的感情联系，这正是希特勒推行极权统治的奥秘和症结所在。他企图在轰轰烈烈的群众运动中间，不断发布自己繁复的命令，每个人除开去贯彻他许多疯狂和残酷的念头之外，如果还存在旁的什么想法，就都是犯了滔天的大罪。

纳粹政权除了实施种族灭绝的大屠杀之外，最为触目惊心的举措，就正是对于人们思想的严厉控制。谁都得服从出自领袖口中的至高无上的命令，无论它是多么的错误与荒谬，也都不能浮起丝毫怀疑的意念。即便是跟亲友或同事悄悄议论的话，也立即会被揭发和检举出来，成为遭到众人唾弃的背叛领袖的罪犯。

在此种必须绝对和盲目服从的环境与气氛中间，人人都变得有口难言，对谁都不敢敞开自己的胸襟，于是人人都变成了无依无靠的孤独和游离的分子。在纳粹政权的统治底下，那种严密、冷酷、残忍和恐怖的程度，比起人类历史上所有的专制王朝来，也不知道要超出了多少倍。它要让汪洋大海般的人群，通过这样反复与机械的操练之后，都沦落为只会服从指挥的木偶。汉娜·阿伦特十分强调地指出，这种囚禁和摧毁思想的极权主义的统治方式，是对于人类最凶狠和恶毒的折磨，使得整个社会变成了“十足的没有意义”。

如果只允许像希特勒这样的独裁者，为所欲为地发号施令，大家却只好膜拜和遵循他的号令，盲目地服从和行动，生存在这样的世界上，真的还有什么乐趣可言，还有什么意义可言？汉娜·阿伦特此种充满了真知灼见的阐述，时刻在警惕地提醒着人们，千万不能够在纳粹分子叫嚷与喧嚣的声浪中，掉进这样浑浊和痛苦的深渊中去。这就得时刻都要呼吁、强调和保障思想自由的原则，每个人都应该在正常与健全的社会秩序之中，凭着公正的法律来维护自己，必须都具有充分地发表意见，共同来进行讨论的权利。

我在回想着汉娜·阿伦特这些叩击自己心弦的话语时，匆匆离开了阳光明媚的海德堡，前往群山环绕的莱茵河畔，踏上一艘明亮和洁净的游艇。瞧着绿莹莹的流水，黄灿灿的河岸，和山坡上苍翠的树丛底下，点缀着无数鲜红的、湛蓝的、洁白的小花。

多么的幽静和安宁，散发出一阵阵慰藉灵魂的诗意来。

如果是在 20 世纪的 30 年代中期，莽撞地来到这莱茵河畔的话，也许会有多少气势汹汹的壮汉，高呼着领袖和万岁的喊声，命令你也举起拳头，跟随他们一起叫嚷，否则的话将会遭遇到无法预测的险境。在如此喧嚣与危急的气氛中间，得赶紧设法逃跑。汉娜·阿伦特正是经过了好多的波折，好不容易才流亡到境外，再辗转前往美国的纽约，在破旧的出租房屋里栖身下来。

可是她最钦佩的导师海德格尔，却选择了追随纳粹政权的另外一条人生道路。他原先是通过诠释存在主义的思想观点，成为了大名鼎鼎的哲学家，声称人们“存在”于一片“虚无”的世界中间，孤独与无助地去追求生存的“意义”，从而就陷入了种种的烦恼和恐惧，于是死亡在等待着他们。他正是面对着这样的情景，提倡“学习死亡”此种洋溢着悲观主义的英雄气概。他憧憬的是“虚无”与“死亡”的悲歌，实行的却是充当希特勒的党徒，也许是因为他还眷恋着人生中种种应有的享受，当然就只好这样来挪动自己的脚步了。康德在《实践理性批判》里提示过的“头上的星空和心中的道德律”，不知道是否引起过他的思考、惊奇和敬畏？

汉娜·阿伦特在海德堡上学之前，曾经负笈于兰河上游的马堡大学。想当年海德格尔端坐在讲台的后面，张望着底下那一群听他授课的学生时，顷刻间就把自己的眼光，停留在她的脸上，暗暗地惊叹着她窈窕的身材、俊秀的容貌，还凝视着她那一双炯炯发亮的眼睛，多么的幽深和美丽。海德格尔观察年轻女子的眼力，实在是太敏锐了。在时光又消逝了几十年之后，当汉娜·阿伦特于 1975 年逝世的时候，跟她相识和交往了多年的女友玛丽·麦凯茜，在悼念她葬礼的致辞中，也说出了这样动情的话，“她是一个倩丽的女人，她可爱，有魅力，女人气十足”，“她身上最吸引人的地方，是她的一双眼睛”，“它们会放光，会闪烁出梦幻般的神采”。

汉娜·阿伦特那一双深不可测的眼睛，牢牢地吸引着海德格尔跃动的内心，开始不断地给她写信，狂热地追求她。她也因为在聆听海德格尔的课程时，瞧见了他英俊的脸庞，翩翩的风度，听到了他滔滔不绝的口才，更折服他充满了独创与光彩的思维能力，已经陶醉在这种哲理的魅力中间，于是很欣喜地做出了回应，这样就频繁地交往起来，还跟他悄悄地幽会了，把珍贵的青春献给了自己所崇敬的导师，尽管知道他已经组成了家庭，娶了妻子，还生了两个儿子。在往后的聚会中间，她更清晰地领略了海德格尔的意图，他要让妻子在家里管理种种的琐事，却要让自己充当一名向他请教学问的情侣，至于从爱情中间可能引发出来的其他有关的“意义”，就不会再“存在”了。她深深地体验到了海德格尔浓重的阴影，隐隐地感觉到了一丝的惆怅。

恋情中的隔膜、理念和道德层面的差异，使海德格尔和汉娜·阿伦特这一对师生与情侣，最终走上了两条完全不同的路途。汉娜·阿伦特撰写的《论极权主义的起源》，替人类敲响了嘹亮的警钟，呼吁大家一定要防范和制止纳粹政权的统治对于整个世界所产生的巨大灾祸；而海德格尔却始终讴歌与追随着希特勒和纳粹体制。他多年的同事和友人，也是研究存在主义思想的哲学大家雅斯贝尔斯，就曾经在《哲学自传》中间，活灵活现地回忆过他在自己面前，无限神往地称颂着希特勒这个恶魔，“文化是无关紧要的，看哪，他那双令人赞叹的手掌！”

为什么要这样膜拜扼杀思想和屠戮生灵的大独裁者希特勒呢？总不会是出于对世事的无知吧！那么是因为他曾经获得过纳粹政权不少赏赐的缘故，所以就死命地坚持和辩解自己已经踏上的这条歧途？

1950年2月，汉娜·阿伦特前往德国旅游的时候，在弗赖堡见到了海德格尔，还进行过深入的交谈。当天晚上就写信给自己的丈夫海因利希·布里歇尔，诉说海德格尔“尽管已经声名狼藉，却在一切可能的情况底下，总是随意地说谎”。经过了一生的追求与思索，纯洁和高尚的汉娜·阿伦特，终于彻底地认清了长期迷惑过自己的海德格尔，究竟是表现出了一种什么样的作风和品格？在他们之间，多少恩恩怨怨的感情纠葛，真可以让后人知悉和懂得这个涵义很深邃的故事。

我在前往柏林游览的途中，还不断地思索着汉娜·阿伦特和海德格尔各自的归宿，就这样来到了勃兰登堡门底下。仰起头来，观看那六根滚圆的石柱，拉开了很宽敞的距离，排成笔直的一行，都巍峨地支撑住横在半空中的花岗岩建筑的门框。浑厚和挺拔的门框中央，还耸立着四匹昂首扬蹄的骏马，拽住了坐在战车上面的胜利女神。她正弯着右手，举起细长的十字架。一只展开翅膀的小鹰，很安详地蹲在顶端。

在这座高耸和宏伟的大门底下，偶或有几个稀疏的行人，匆匆地走过，显得多么的安静。想当年曾经有多少纳粹的高官，在这儿趾高气扬地叫嚣，炫耀自己足以征服一切的力量，却早已经灰飞烟灭，还将永远受到正义的谴责。

可是为什么在半个多世纪之后，又涌现出了一批年轻的新纳粹分子？听说他们曾经在这附近游行示威，举起了左手，模仿希特勒的姿势，大声地狂呼乱叫。在当今这样和平与自由的岁月中间，他们为什么还怀念那种简直比地狱里面还要阴森和恐怖的生存状态？为什么这样年轻和幼稚的心灵，竟会向往那种随心所欲地指挥一切，和任意地处置别人的权势？多么残忍和丑陋的念头，为什么会从他们的心中滋生出来？

那一回在德国短暂的漫游，已经过去不短的时间了，却还常常思索着怎样警惕和防止纳粹体制的残暴统治，绝对不能再让它破坏和毁灭人类正常与自由的生活秩序。像纳粹统治的时期那样，总想高高在上地凌辱和损害别人的卑劣的品性，为什么在当今一些人的行动中间，还会抑制不住地泄露出来呢？前几天在报纸上看到过一条消息，说是英国有个出身于名门望族的绅士，在整个世界制造汽车的行业中，也算得上是个头面人物，竟喜爱嫖宿娼妓，还穿上纳粹党徒的衣衫，鞭打着装扮成囚徒模样的妓女。十足的下流，十足的凶恶，既贪恋着荒淫无耻的享受，还渴望着随心所欲地处置别人的权势。

又像这一回的奥运圣火，于巴黎的街头传递时，竟有个当地的政客，混杂在一群进行破坏和捣乱的人们中间，企图熄灭燃烧的火炬。因为由一个长期被西方列强侵略和欺负过的东方国家，被选定来举办隆重而又神圣的奥运会，即使是通过正常投票的程序，获得了这样的结果，也会受到种种的刁难与破坏，这难道不是纳粹政权种族歧视的作风，在他们身上又死灰复燃了？还有美国一家电视网的主持人，竟不分青红皂白，恶毒地咒骂所有的中国人，也多么像是纳粹政权诅咒和虐待犹太民族的一次翻版。为什么希特勒那种为所欲为地欺凌和损害众生的行径，经过了多少漫长的岁月，至今还深深地潜藏在一些人们的心里？能够通过对于道德和良知的开导，在人性中间逐渐地消弭这种邪恶的因子吗？

善良和正直的人们，必须时刻都提高警惕，必须大声地呼吁，不能再让希特勒宣扬和施行过的那种专制独裁的罪孽，再来纠缠和危害整个人类和平与自由的生活！